小嫻情書

每個人的心中都有一個崇高的愛情，
現實卻往往是另一回事。
我把我所有的憧憬、我的信念、
我的感情和我所有的遺憾，
都放在我的小說裡。
那個崇高的愛情，即使落空了，
我們已經走過了高山和低谷，
了解到人生的荒謬與甜蜜。

張小嫻

張小嫻[著]

CHANNEL [A] I

那年的夢想

Dreams of those days

〈序〉

愛到無法無天的時候

《CHANNEL A》這部小說，是從一九九九年三月《AMY》創刊號開始，在雜誌上每期連載的。小說的形式看似短篇，讀者看下去，卻會發現它是一個長篇故事，每個故事的人物是相連的。

這部小說有別於我其他的小說，它更貼近現實一點；也許，因此會更赤裸一點。與小說同步推出的，還有電子書和小說網站。《麵包樹出走了》在今年七月出版時，把第一章率先製成電子版，放在網路上，引來了許多回響。這一次，《CHANNEL A》將會有更多內容放在網路上。當你看完小說，你還可以進入www.channel-a.com.hk，你會發現，小說裡的人物和故事在網路上出現，你更可以參與故事的創作。

每一次，一個新的形式總是給我新的刺激和靈感。小說網站是完全嶄

新的東西，我既誠惶誠恐，也興奮莫名。我從來沒有想過，我的小說能夠藉著科技幻化成一個虛擬的世界，有聲音和影像，平面的人物都變成立體的，他們眞正從我的小說出走了，繼續成長，也有了自己的生命和氣息。

寫這部小說的時候，想寫的是女孩子在這個城市裡所經歷的情愛。這些故事，都是曾經發生在我們身邊，甚至是我們自己身上的，當中有甜蜜，也有苦澀。我們的步伐常常是如此匆促，有時候會錯過許多美好的東西。我們如許孤獨，有時候，又會做了錯誤的決定。唯一不猶豫的時刻，是哪裡有愛情，我們就會義無反顧地向那個方向奔跑，把身上的一切都拋到腦後。

在旅途上，我讀了魯易斯(C.S.Lewis)的《四種愛》，這本書使我深深的震撼，也在我最傷心的時候撫慰了我的心靈。書裡有這一段文字：

『如果人一任愛成爲他生活的最高主宰，恨的種子就會發芽滋長。然後它就會成爲神，然後它就會成爲魔。』

在情愛裡，我們都曾經膨脹爲神，以爲自己無所不能，最後，我們卻也淪落成魔，無法自拔。

《CHANNEL A》裡的主角，有一些也曾經膨脹爲神，然後淪落成魔。他們無可選擇地讓愛成爲生活的主宰，最後唯有活在恨裡。而我，卻升上了天使的寶座，俯視這群蒼生。

魯易斯在書的另一章說：『當愛變得無法無天的時候，它不但會去傷害別人，還會摧毀自己。』

《CHANNEL A》裡，似乎每一個人都是愛得無法無天的。他們摧毀了別人的同時，也摧毀了自己。是否我也曾相信，無法無天的愛才是愛？即使有得救，我們也寧願沒得救。

在校對這部小說的時候，我開始同情小說裡的主角，他們也許愛得毫無法度，卻是掏盡所有的。我想寫的，是人對愛的追尋。我仍然相信，愛是不會消逝的。有一天，它能夠勝過恨。當你深深地愛著一個人，你是寧願永不相見也不寧願他一輩子恨你。

我們對自己無法無天，面對自己所愛的人，卻是戰戰兢兢的。我們甚至願意用雙倍的溺愛讓對方永享自由。這樣子的愛，是永不會淪落的。

二〇〇〇年十月十六日

人物介紹

夏心桔：電台晚間節目Channel A的主持人。聲音低沉而動聽。

夏桑菊：夏心桔的妹妹。愛著一個已經不愛她的男人。

孫懷真：夏心桔青梅竹馬的好朋友，愛下廚。

秦念念：夏心桔的助手，失意時愛吃巧克力。

張玉薇：空中小姐，最懷念倫敦波特貝露道的清晨。

關雅瑤：她的鋼琴是自學的，心情好的時候，彈得好一點，心情壞的時候，糟糕一些。

邱清智：孫懷真的舊情人，夢想是當飛機師。

孟承熙：夏心桔的舊情人，他是建房子的。

范玫茵：邱清智的初戀情人，『尋人網站』的編輯。

周曼芊：渴望患上夢遊症的心理醫生。

李思洛：在結婚前又想要尋找十五年前的舊情人。

姜言中：李思洛的初戀情人。除了書之外，不喜歡保留舊東西。

梁正為：苦戀夏桑菊，偷偷保護她。

羅曼麗：梁正為的舊情人，送過一盞床邊燈給梁正為。

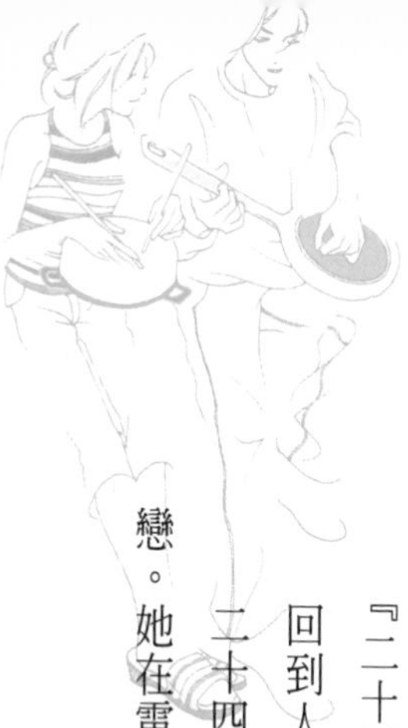

no. 1

凌晨時分，夏心桔在電台直播室裡主持Channel A。這幾天以來，她覺得特別的傷感。每個人生命中都會有這些時刻吧？連帶今晚的月光也帶著幾分清冷。

『如果有一個機會讓你回到過去，你會回到哪一年？』

今天晚上，她想和聽眾玩一個心理測驗。離家的時候，她隨手把一本很久以前買的心理測驗扔進皮包裡。現在，她翻開其中一頁，看到這個問題。

『二十四歲。』她回答自己。

回到人生某個時刻，是因爲當時有放不下的東西。

二十四歲的時候，她剛剛從大學畢業了兩年。那一年，她和孟承熙熱戀。她在電台當實習生，薪水微薄，僅僅足夠養活自己。孟承熙在一家建築師行裡當助手，收入也比她好不了多少。她的青梅竹馬好朋友孫懷眞也正在談戀愛。那個男人名叫邱清智，在機場的控制塔工作。四個年輕人剛剛開始在社會上奮鬥。

是她向孫懷眞提議四個人搬出來一起住的。這樣既可以和男朋友住在一起，也可以四個人分擔租金。做美術設計的孫懷眞，愛下廚，做的菜好吃，又很會打理家務。這麼一位室友，最適合怕下廚和怕做家務的她。四個人就這樣說好了。

她和孫懷眞在九龍太子道找到一所五百多呎的小房子。這所房子有二十二年的歷史了，雖然老了一點，但是，附近的環境很清靜，除了一個客廳和兩個房間之外，還有個平台。四個人可以坐在平台上吃早餐。只有兩個人的話，絕對負擔不起這種好地方。

搬家的那天很熱鬧。孫懷眞選了對著山那邊的房間。她選了可以望到街上的房間。對著山的話，到了晚上，看出去便像黑夜的海那麼漆黑。她喜歡看到夜街上的燈和對面房子的光。

邱清智帶來了一支吉他，原來他念書時曾經有好幾年在樂器行裡教授吉他來幫補學費。那天晚上，他們搬家忙了一整天，地上的箱子還沒有收拾。邱清智彈起吉他來，他們四個人就在那裡一起唱歌。她靠著孟承熙，孫懷眞靠著邱清智，唱的是〈That's What Friends Are For〉。

四個人都在家的日子，孫懷眞和孟承熙會負責下廚。孟承熙也愛做菜，他做的鴨肉湯麵，吃得他們三個人如癡如醉。每次做這個麵，他要用新鮮的鴨，麵條要用新鮮的闊麵。那一鍋煮麵的湯也不能掉以輕心，必須用鴨骨和好幾種材料熬上半天。每當孟承熙在廚房裡專心一意地做這個麵的時候，她便好想吻他。男人下廚爲心愛的女人烹調食物，舉手投足，有如君臨天下，控制全局。他搓揉食物的一雙巧手卻又溫柔而感性，那是他最性感的時候。

夏心桔和邱清智每一次也只能負責洗碗。他們兩個不會做菜，只會吃。洗碗的時候，邱清智愛把長柄的鍋當作吉他。他一邊彈著滿是肥皂泡的吉他一邊唱歌，她在旁邊和唱。沒有柄的鍋是她的鼓。

那個時候，夏心桔跟孫懷眞約定了，將來他們有了錢，可以買房子，也要買兩座相連的房子，毗鄰而居。

孫懷眞嚷著說：『好的！好的！到時候還可以吃到孟承熙做的鴨肉湯麵。』

『我也可以和邱清智一起洗碗！他喜歡洗碗，洗得又快又乾淨，我只需要站在旁邊用布把碗抹乾。』夏心桔說。

然而，這樣一個美好的夢並沒有實現。

一天晚上，夏心桔下班回家，看到邱清智一個人坐在漆黑的客廳裡。她亮了燈，看到他的臉是慘白的。

『你為甚麼不開燈？懷眞呢？』

『她走了。』悲涼的震顫。

『走了？是甚麼意思？』

『她把自己的東西都帶走了。』

夏心桔呆了：『為甚麼會這樣？承熙呢？承熙也許知道她去了哪裡。

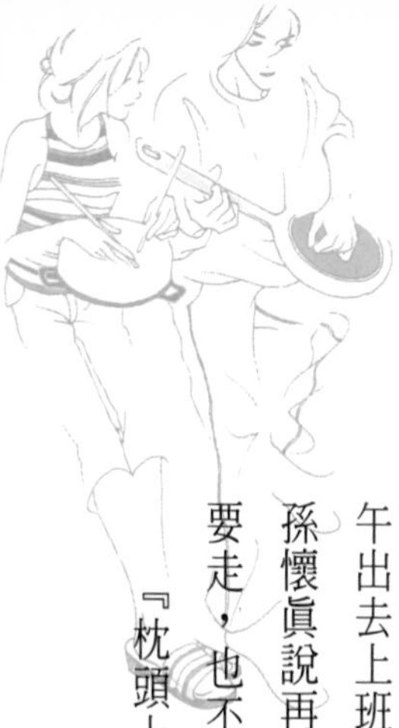

他不在家嗎？』

『他也走了。』

『走了？』夏心桔覺得難以置信。

『你怎麼知道？』她問。

『我去你的房間看過了。』

她走進房間，打開衣櫃和抽屜，發現孟承熙把所有衣服和證件都帶走了。

『他們兩個人一起逃走了！』邱清智站在門檻，慘然地說。

夏心桔整個人在發抖，她的雙腳變虛弱了，虛弱得幾乎承受不起她身體的重量。她直挺挺的坐在床邊。孟承熙爲甚麼會不辭而別呢？她今天下午出去上班的時候，他還吻過她。那時候，孫懷眞在平台上曬衣服。她跟孫懷眞說再見，孫懷眞的那一聲再見，她倒是聽得不太清楚。孟承熙即使要走，也不可能和孫懷眞一起走。

『枕頭上有一封信。』邱清智說。

她回頭望，才發現那裡有一個天藍色的信封，信封上寫著她的名字，是孫懷眞的筆跡。

『我可以看嗎？』邱清智問。

夏心桔打開信封，信是孫懷眞寫的。

阿桔：

我知道你不會原諒我。

爲了一個男人，我同時出賣了自己最好的朋友和男朋友。可是，愛一個人的時候，是沒有理智可言的，也只能對其他人無情。

我向來是個不顧一切的人，但是，這一次，我是考慮了一段很漫長的日子。那段日子太漫長了，你不會知道有多痛苦。曾經有無數次，我和孟承熙好想把我們的事情向你們坦白，但我們眞的沒有勇氣說出來。

愛一個人，也許是沒有原因的。兩年前爲甚麼會愛上邱清智，我也記不起來了。然而，我愛孟承熙，卻有許多原因。我們太相似了。當你和邱

清智都上班了，家中只剩下我們兩個的時候，那是最甜美的時光。我們可以天南地北的談個沒完沒了。我們會分享大家的食譜，分享大家喜歡的畫家。當你們回家的時候，我們的甜美時光也要終結。然後，大家懷著內疚繼續僞裝下去。每一次，我也埋怨上帝爲甚麼不讓我比你早一點遇上他。那麼，我和你仍然是青梅竹馬的好朋友，將來有錢買了房子之後，也還可以毗鄰而居。

我曾經嘗試離開他，但我辦不到。他也許不是你一輩子的選擇，卻是我這一輩子遇過最好的。我曾經有一個很傻的想法。我想，我們爲甚麼不可以四個人一起呢？這個想法太荒唐了吧？我不想失去你。可是，我和孟承熙也做不到。我們都開始妒忌對方的另一半了。

我不知道怎樣去懇求你的諒解。我們選擇了離開，離開這裡，離開香港，去一個不會碰到你和邱清智，也不會碰到我們的朋友的地方。那是我唯一能爲你做的事。

懷眞

『你是不是早就知道的？』她問邱清智。

邱清智沮喪地搖了搖頭。

『那你剛剛怎知道他們是一起走的？』

『是在我發現懷眞不見了的那一刻才想到的。』

『她有沒有信給你？』

『沒有，也許她並沒有覺得對不起我。』

『你猜他們是甚麼時候開始的？』

『我不想知道。』

『你猜他們在哪一張床上做愛？是我這一張，還是你那一張？』

『我不想猜。』邱清智痛苦地抱著頭。

『我猜是在你那張床，因爲孫懷眞喜歡看著山。』然後，她又說：

『孫懷眞一定是在孟承熙做鴨肉湯麵的時候看上他的。』

『爲甚麼？』

『因爲他那個時候最性感。』震顫的聲音。

『我不覺得。』

『他甚麼都比你好！』她驕傲地說。

『我不同意！』他不屑地說。

『若不是他甚麼都比你好，你女朋友爲甚麼會把他拐走！』她向邱清智咆哮。

『那是因爲懷眞甚麼都比你好！』邱清智冷冷的說。

『是你女朋友搶走我男朋友！』夏心桔哇啦哇啦的哭起來。

『是你男朋友搶走我的女朋友！多麼無恥！』邱清智憤怒的說。

『眞是無恥！趁著我們兩個不在家的時候偷情！』她一邊哭一邊附和邱清智。

邱清智的眼睛也濕了。

被背叛的兩個人，相擁著痛哭。

夏心桔失去的不單單是一個男人，還有一個相交十五年的好朋友。孫懷眞的信寫得那樣冠冕堂皇，彷彿她才是受害人。她搶走了摯友的男朋友，然後又把自己的愛情說得那樣無奈、委屈而又偉大，她憑甚麼說孟承熙不會是夏心桔一輩子的選擇呢？她太低估她對這個男人的愛了。

她太後悔了，是她邀請孫懷眞和他們一起住的。這兩個人騙了她多久？她深深愛著的這個男人，每天晚上想念著的卻是隔壁房間的另一個女人。

她記起來了。四個人同住的日子，當兩個男人出去了，她和孫懷眞有時會靠在平台的椅子上曬太陽。那個時候，她們會分享彼此的性生活，那是兩個女人之間的私密時光，男人是不會知道的。

她告訴孫懷眞，孟承熙喜歡舐她的肚臍。

『不癢的嗎？』

『感覺很舒服的呢！』她說。

『我也要叫邱清智舐我的肚臍。』孫懷眞說。

『他沒有舐你的肚臍嗎？』

『他是還沒斷奶的，最喜歡吮吸我的奶子。』

『男人爲甚麼都喜歡這個？我覺得他們那個模樣好可憐啊！總是像吃不飽的，口裡啣著不肯放開。』

她們兩個臉也不紅，噗嗤噗嗤的笑。

從某天開始，孫懷眞對這方面的分享變得愈來愈沉默了。很多時候，她只是在聽，沒有再提起她和邱清智在床上的事。愚蠢的夏心桔，當時還以爲那是邱清智在床上的表現乏善足陳，沒她那個孟承熙那麼會做愛。

一天，她們兩個又靠在平台的椅子上曬太陽。她告訴孫懷眞，她很喜歡孟承熙每次做愛之後抱著她睡。

『他從後面抱著我，我們弓著身子，像一隻調羹那樣。那種感覺很溫馨。我太愛他了！』

孫懷眞的臉色忽然變得慘白，她當時還以爲她身體不舒服，現在她明白了，那個時候，孫懷眞已經和孟承熙睡過了，開始妒忌了。

她恨透這兩個人。

現在，這所房子裡只剩下另外兩個人。他們同病相憐，沒有誰比對方更瞭解自己，那兩個會做菜的人走了，剩下兩個會洗碗不會做菜的人，這也許可以說是另一種匹配吧。

孫懷眞和孟承熙才走了幾天，夏心桔和邱清智上床了。他們都太傷心，太需要慰藉；能夠慰藉對方的，也只有彼此了。這一種感情，幾乎不需要說出口，不需要追求和等待，也不會患得患失。兩個被所愛的人背叛的人，爲對方舐傷口，肉體上的，心靈上的。夏心桔要邱清智爲她舐肚臍，那一刻，她會閉上眼睛，幻想他是孟承熙。當孟承熙在舐孫懷眞的肚臍時，邱清智也在吮吸她的奶子。他像一頭飢餓迷路的小羊，終於找到了母親的乳房，便怎樣也不肯再放開口。他們流著汗，也流著淚，激烈地做愛，他們潛進彼此的身體裡，躲在那個脆弱的殼裡，暫且忘卻被出賣的憂傷和痛苦，身體撫慰身體。然後，她抱著他，兩個人化成一隻調羹，再也分不開。

他們是情人，也是情敵的情人。他們互相扶持，互相憐憫，也許還互相埋怨。誰能理解這種感情呢？這是愛嗎？她當天和邱清智一起，是爲了

報復孫懷眞和孟承熙。邱清智也不過如此吧？然而，這種日子可以過多久？再不分開的話，她怕自己再也和他分不開了。然後，有一天，他們會互相仇恨。他們太知道了，他們只是無可奈何地共度一生。

她離開了邱清智。他沒有問原因，甚至沒有挽留。兩個受傷的身體，一旦復原了，也是告別的時候。那樣，他們才能夠有新的生活，不用面對從前的自己。

她搬回去和妹妹夏桑菊一起住，邱清智也搬離了那所房子。他們好像很有默契的，不相往來。唯其如此，兩個人才可以重生。

一天，一個朋友告訴她，他在東京新宿附近見到孟承熙和孫懷眞。他們好像在那一帶工作。

他們說要離開香港，就是去了日本嗎？他們兩個在那裡幹甚麼？

那天晚上，當她下班回家的時候，夏桑菊還沒有睡。她問夏桑菊：

『我應該去找他嗎？』

『你自己一個人去？』

『嗯。』

『不是和邱清智一起去嗎？』

『爲甚麼要和他一起去？』

『你也應該通知他呀！你們是一同被背叛的。』

『不，我們又不是去捉姦。』她笑笑。

『爲甚麼要去？你還愛他嗎？』

『我恨他。』

『那就是還愛他了。我陪你一起去吧。』夏桑菊說。

夏桑菊剛剛和男朋友李一愚分手了，她想不到有甚麼更有意思的事情可以做。暫時離開這裡陪姐姐去尋找當年不辭而別的舊情人，然後，兩個人互相慰藉。或許，也是療傷的一種方法。

到了東京的那天，她們來到新宿。午飯的時間剛剛過去了。那位朋友沒說清楚在哪一帶看到他們。夏心桔和夏桑菊只好分頭在街上尋找。

夏心桔沿著一條小巷去找。她忽然很害怕找到他們。見面的時候，說些甚麼好呢？她有點後悔來到這裡。

就在那個時候，她看到孟承熙了。她不能使自己的目光從他身上移

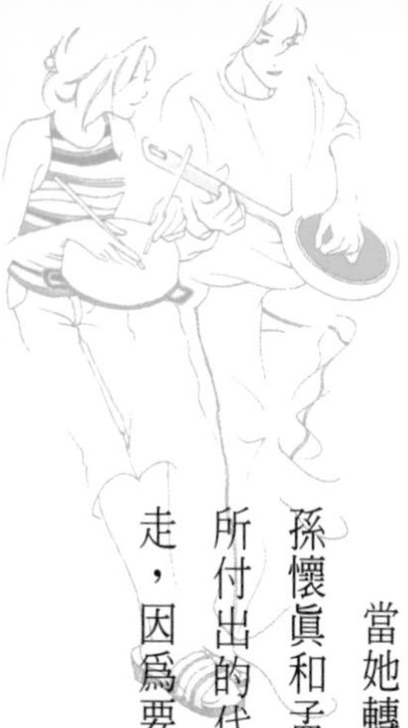

開。他看上去老了許多。他瘦了，改變了。他在一家簡陋的湯麵店裡，正在收拾客人的剩菜殘羹。她走到一根電線桿後面偷看他，不讓他看到自己。她在那裡久久地看著這個闊別多時的男人，突然感到強烈的惋惜。他從一個建築師變成一個廚師了，那不要緊；但他從一個清朗的男人變成一個猥褻的異鄉人。他口裡叼著一根煙，滿臉風霜。然後，她看到孫懷眞了。她穿著白色的圍裙，臉上塗得粉白。她老了，變平凡了，眼睛失去了光采。她拖著一大袋垃圾嘮嘮叨叨的，跟孟承熙好像在吵架。孟承熙把煙蒂扔下，拿著那一袋垃圾走出店外。夏心桔連忙轉過身去，不讓他看到。他就在她身邊走過，認不出她來。

在孟承熙回來之前，她匆匆的走了。

當她轉過街角的時候，她感到一陣撕心裂肺的悲哀。她一直沒法忘記孫懷眞和孟承熙對她的出賣，然而，這一刻，她原諒了他們。他們爲愛情所付出的代價太大了。犧牲了自己的前途，流落異鄉。他們本來不需要走，因爲要向她補償，也就放棄了自己的生活。他們愛得如此之深，她憑甚麼去恨呢？那個女人畢竟是她青梅竹馬的好朋友。而那個男人，她已經不愛了。只是曾經不甘心。

從東京回來的那天晚上，她想起了邱清智。那時剛好接近他下班的時間。她打了一通電話給他，約他在機場的餐廳見面，他爽快地答應了。

這個曾經和她互相慰藉的身體，再一次坐在她面前。邱清智沒有改變，她自己也沒有改變。當年被背叛的兩個人，竟然活得比另外兩個更好。跟孫懷眞比較，她是多麼的幸福。

『我在新宿碰到他們。』她說：『他們在湯麵店裡打工，生活不見得很好。』

『我知道。』邱清智說。

『你知道？』她詫異。

『懷眞寫過一封信給我。我是那個時候才知道他們在日本的。他們在那裡半工半讀。』

『爲甚麼你不告訴我？』

邱清智沉默了片刻，終於說：

『我害怕你會去找孟承熙，我怕我會失去你。』

夏心桔望著眼前這個男人，難過得說不出話來。她曾經有沒有好好的看過他和愛過他？她一直認爲他和她是無可奈何地走在一起。他們互相報復，也互相憐憫。她從未察覺，從某天開始，他已經愛上她了。

她爲甚麼要否定這段愛情？沒有追求，沒有等待，沒有患得患失，便不值得留戀嗎？當他吮吸她的乳房的時候，他愛的是她。當她抱著他睡的時候，她心裡是快樂的。她卻害怕去承認她已經愛上了他。她的愛是高尙的，他的愛卻是次一等的。她堅持那不是愛。她一再懷疑他的愛。他們幾乎不再相見了，才讓她知道他愛她？她虛度了多少光陰？

現在，她坐在電台直播室裡。今天晚上最後的一支歌，是〈That's What Friends Are For〉。那是他和她一起唱的第一支歌。他們兩個在廚房裡洗碗的時候，有柄的鍋是他的吉他，沒有柄的鍋是她的鼓。那些日子曾經多麼美好。他們才是一對。爲甚麼她要等到這一刻才猛然醒覺？

多麼晚了？多麼遠了？

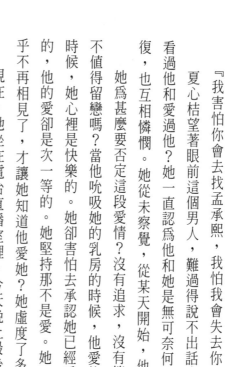

no.2

自從離別後，已經有很長的一段日子，邱清智從來不敢去擰開收音機。這天晚上，他開車經過九龍太子道。月色漸漸深沉的時刻，他毅然擰開了車上的收音機。夏心桔那把低沉而深情的聲音在空氣中飄盪。那是他曾經多麼熟悉的聲音？

思念，忽然泛濫成災。

一個女孩在節目裡說，她會用一生去守候她那個已婚的男朋友。

夏心桔說：『你也無非是想他最終會選擇你吧？如果沒有終成眷屬的盼望，又怎會用一生去守候？』

那個女孩說：『守候是對愛情的奉獻，不需要有結果。』

邱清智淡淡的笑了起來。男人是不會守候的。男人會一輩子懷念著一段消逝了的感情，同時也愛著別的女人。守候，是女人的特長。

然而，邱清智也有過一段守候的時光。

四個人同住在太子道那所老房子的時候，有一段日子，他要通宵當值。下班的時間，剛好和那陣子要做通宵節目的夏心桔差不多。早晨的微光，常常造就了他們之間那段愉快的散步。他在回家的路上巧遇過她兩次。以後，他開始渴望在那條路上碰到她。如果那個清晨回家時看不見她，他甚至會刻意的放慢腳步，或者索性在路邊那爿小店喝一杯咖啡，拖延一點時間，希望看到她回家。每一次，當她在那裡遇到他時，她總是笑著說：

『怎麼又碰到你了？真巧！』

她所以爲的巧合，無非是他的守候。

回家的那條小路上，迎著早晨的露水，兩個剛剛下班的人，忘記了身體的疲倦，聊著自己喜歡的音樂。有時候，邱清智甚至只是靜靜地聽著夏心桔說話。她的聲音柔軟而深情，宛若清溪，流過他的身體，觸動他所有

的感官，在他耳畔鳴囀。他知道，有一天，她會成爲香港最紅的一把聲音。當她爲了工作上的人事糾紛而失意時，邱清智總是這樣安慰她。

季節變換更替，他和夏心桔已經在那段路上並肩走過許多個晨曦了。每一次，他也覺得路太短，而時光太匆促。

回到家裡，他們各自走進自己的房間。許多次，孫懷眞會微笑著問：『爲甚麼你們常常都碰巧遇上了？』而那一刻，夏心桔也正睡在孟承熙的身邊。

那段與她同路的時光，愉快而曖昧，也帶著一點罪惡感。假使他沒有守候，只是幸運地與她相遇，他也許不會有罪惡感。然而，帶著罪惡感的相遇，卻偏偏又是最甜美的。

既然有甜美的時光，也就有失落的時候。邱清智告訴自己，他不過是喜歡和她聊天罷了。他和她，永遠沒有那個可能，從一開始就沒有。

那是秋天的一個黃昏，家裡只有他和夏心桔兩個人。他在房間裡忽然聽到唱盤流轉出來的一支歌，那是Dan Fogelberg的〈Longer〉。那不是他許多年前遺失了的一張心愛的黑膠唱片嗎？他從房間裡走出來。夏心桔坐在平台旁邊那台古老的電唱機前面。她抱著膝蓋，搖著身子，夕陽的微光把她的臉照成亮麗的橘子色。

『你也有這張唱片嗎？』邱清智問。

她點了點頭：『你也有嗎？』

『我那張已經遺失了，再也找不到。你也喜歡這首歌嗎？』

她微笑說：『有誰不喜歡呢？』

他望著她，有那麼一刻，邱清智心裡充滿了難過的遺憾。他努力把這份遺憾藏得深一些不至於讓她發現。他常常取笑自己，他那輕微的苦楚不過是男人的多情。他怎麼可以因為一己的自私而去破壞兩段感情？況且，夏心桔也許並沒有愛上他。

可惜，有一天，他禁不住取笑自己的偉大是多麼的愚蠢。

那天晚上，邱清智回到家裡，發現孫懷眞不見了。他的兩件襯衫，洗好了放在床上，但她拿走了自己所有的東西。那一刻，他下意識地衝進孟

承熙和夏心桔的房間。放在地上的，只有夏心桔的鞋子。枕頭上有一個天藍色的信封，是給夏心桔的，那是孫懷眞的筆跡。孫懷眞和孟承熙一起走了。

邱清智死死地坐在漆黑的客廳裡，憤怒而又傷心。他一直認爲自己對夏心桔的那點感覺是不應該的，是罪惡的。孟承熙和孫懷眞卻背著他偷情。這個無恥的男人竟然把他的女朋友拐走了。他爲甚麼現在才想到呢？

四個人同住的那段日子，孫懷眞和孟承熙負責做菜。他們兩個都喜歡下廚，孫懷眞做的菜很好吃。興致好的時候，她會做她最拿手的紅酒栗子燉鴨。紅酒的芬芳，常常瀰漫在屋子裡，他們不知道吃過多少隻鴨子的精魂了。

每一次，邱清智和夏心桔也只能負責洗碗。他們兩個都不會做菜，只會吃。洗碗的時候，他愛把有柄的鍋當作吉他，沒有柄的鍋是她的鼓。當他們在洗碗，另外的兩個人便在客廳裡聊天。他聽到孟承熙和孫懷眞聊得好像很開心。有時候，他會有一點點的妒忌，他們在聊些甚麼呢？他們看來是那麼投契。現在他明白了，在廚房裡的兩個人，是被蒙騙著的。廚房外面的那兩個人，早已經在調情了。邱清智還以爲自己的妒忌是小家子氣的，他不也是對夏心桔有一點曖昧的情意嗎？所以他也這樣猜度著孟承熙。原來，他的感覺並沒有錯。

孫懷眞無聲無息地走了。那天早上，當他出去上班的時候，她還沒有起床。他拍拍她的胳膊，她背著他熟睡了。也許，當時的她，並沒有睡著，她只是沒法再看他一眼。當情意轉換，一切都變成前塵往事了。即使是一個告別的微笑，她也沒法再付出。

邱清智想起來了。同住的日子，他和孟承熙常常到附近的球場打籃球。每次打球的時候，他們會談很多事情。他告訴孟承熙，他第一個女朋友，是他的大學同學。

『還有見面嗎？』孟承熙問。

『很久沒見過她了，不知道她現在變成怎樣。』

『還有再見到她嗎？』

『時運低的時候，也許便會再見到她。』邱清智開玩笑說。

孟承熙的籃球打得很好，他也不弱。他更享受的，卻是兩個男人共處的時光。有時候，碰巧球場上有比賽，他們會坐在觀眾席上流連忘返，孫懷貞和夏心桔要來捉他們回家吃飯。他們兩個男人，被兩個女人嘮嘮叨叨的拉著回家，就像頑童被媽媽抓住了，再沒法逃脫。

那些日子，曾經是多麼讓人懷念？

某天晚上，他和孟承熙在打籃球時發生了一點爭執。他推了孟承熙一下，孟承熙竟然用肩膀狠狠的撞他，他踉蹌的退後了幾步，心有不甘，要把孟承熙手上的籃球搶回來，孟承熙卻故意把那個籃球扔得遠遠的。

『你這是甚麼意思？』邱清智生氣的說。

『不玩了。』孟承熙轉身就走。

走了幾步，孟承熙忽然拾起那個籃球走回來，很內疚的說：

『對不起。』

是他首先推了孟承熙一下的，大家也有錯。孟承熙向他道歉，他反而有點不好意思。

現在他明白了。孟承熙那一句『對不起』，不是爲撞倒他而說的，而是爲孫懷貞而說的。

當夏心桔回來的時候，她打開了那個信封，信是孫懷貞寫的。她在信上說，她已經記不起自己爲甚麼會愛上他了。愛上孟承熙，卻有很多原因。

她是多麼的殘忍，她竟然記不起他的愛了。

她留下一封信給夏心桔，卻沒有留下片言隻字給他。也許，她根本沒有覺得對不起他。

然後，夏心桔坐在床上哭了起來，邱清智也哭了。兩個被背叛的人，互相埋怨，最後卻相擁著痛哭。現在，這所房子裡只剩下他們兩個。

一天晚上，邱清智軟癱在沙發上聽歌，就是那支〈Longer〉。地久天長，哪有這麼悠長的盟誓？坐在另一邊的夏心桔突然爬到他身上。她雙手抱著他，瘋狂地吻他。他脫掉她的褲子。他們無言地做愛。除掉喘氣的聲

音之外，沒有任何的悄悄話和抒情話。他們甚至閉上眼睛，不願看到對方眸中那個難堪的自己。性愛是甚麼呢？這個他曾經嚮往的溫存，只是絕望的哀鳴。他唯有用更狂野的動作去掩飾自己的脆弱。他本來不想做愛，但他無法拒絕她的召喚。有哪個男人可以拒絕一個流著淚的女人用身體摩挲他的褲襠呢？把她推向他的，不是愛情，而是復仇。他們用彼此的身體來報復背叛他們的那兩個人。性是片刻的救贖。在那片刻裡，絕望的肉體變得令人嚮往。

一次又一次，他們用最真實的方式互相安慰，也互相憐憫。在許多次無言的性愛之後，他們開始說一些悄悄話了，他們也開始睜開眼睛看到對方可憐的身軀了。最後留在房子裡的兩個人，互相依存，也互相慰藉。他們忽然變得不可以分開了。

他不是曾經懷緬著那段清晨守候，然後同路的時光嗎？片刻的性愛歡愉，經過了不知多少歲月，忽爾變成了悠長的纏綿。他愛吮吸她的奶子，聽著她在耳畔的低迴，那是人間的天籟。他開始害怕，這個爲著復仇而留下來的女人，有一天會離他而去。尋常生活裡，他努力像一個吸盤那樣，吸附在她身上，不讓她撇掉他。他是愛她的嗎？他已經不知道了。他從來沒有懷著那麼複雜的感情去喜歡一個人。

夏心桔是愛他的嗎？他不敢去求證。那兩個人出走之後，他們變成兩個孤單的人。夏心桔從來沒有把他介紹給她的朋友和家人認識，他只是曾經見過她妹妹。她總是讓他覺得，她心裡守候的，只有孟承熙一個人。

一天，邱清智收到一封從日本寄來的信。那封信是孫懷眞寫的。

智：

現在才寫這一封信，你也許會認爲太遲了。

那個時候只是留下一封信給阿桔，因爲我不知道跟你說些甚麼。無論我怎樣說，你也是不會原諒我的吧？

我正在學日語，在這裡，要學好日語才可以有其他的打算。東京的生

活費很高，我在一家湯麵店裡打工。我並不是做我最擅長的鴨子，而是叉燒湯麵。四月初的時候，我和孟承熙去橫濱看過一次櫻花。看到櫻花的時候，我才想起我已經很久沒有拿起畫筆了。我的油彩，早就荒廢了。

阿桔好嗎？不知道你們還有沒有聯絡。我們曾經約好一起去看櫻花的，這個願望看來是不會實現的了。

一個人離開了自己長大的地方，原來會忽然變老成了。我常常懷念香港的一切。提筆寫這封信，不是期望你的原諒。你也許已經忘了我。人在異鄉，對從前的關愛，是分外緬懷和感激的，希望每一位舊朋友都安好和快樂。

懷眞

這一刻，邱清智才知道，他已經不恨孫懷眞了。他和孫懷眞認識的時候，大家都那麼年輕，大家也許都在尋覓。誰能知道將來的事呢？他們只是在人生的某段時光裡相遇，如同一抹油彩留在畫布上，那只是一張畫布的其中一片色彩罷了。

夏心桔回來的時候，邱清智匆匆把信藏起來。

『你收起一些甚麼？』夏心桔問。

『喔，沒甚麼。』他撒謊。

『你有假期嗎？』

『你想去旅行嗎？』

『嗯，我們從來沒有一起去過旅行。』

他開心的說：『好的，你想去哪裡？』

『東京。』

他嚇了一跳：『東京？』

『你不喜歡東京嗎？』

『不，不。』

『我沒去過東京呢！』

『那就去東京吧！』

『太好了！』她興奮的說。

爲甚麼偏偏是東京呢？是某種巧合，還是沒法解釋的心靈感應？

邱清智故意訂了在池袋的酒店，而不住新宿。然而，去東京的話，總不可能不去新宿的。幸好，在東京的三天，他們沒有碰見過孟承熙和孫懷眞。

臨走前的一天晚上，他們在新宿逛得累了，走進一家Starbucks。當夏心桔還在猶豫喝哪一種咖啡時，店裡的服務員卻很有默契地圍在一起，喊：『Last Order』。

原來已經是晚上十一點十五分了。這大概是咖啡店的傳統。

『還可以喝一杯的，你要喝甚麼？』他問夏心桔。

夏心桔的臉色忽然變得慘白，說：『不喝了。』

從東京回來之後，她一直變得很沉默。

邱清智預感的那個時刻，終於來臨了。

一天晚上，他們在一家義大利餐廳裡吃飯。夏心桔告訴他，她想搬回去跟她妹妹住。

『再不分開的話，我們也許再分不開了。將來有一天，我們會互相埋怨。』夏心桔憂鬱地笑了笑。

邱清智並沒有請求她留下來。也許她說得對，繼續下去的話，有一天，她會埋怨他。在她心中，他只是次選。他們只是無可奈何地走在一起。

他沉默了，甚至說不出任何挽留的話，從很早以前開始，他愛的是夏心桔。即使她只是用他來報復，他還是無可救藥的愛著她。他愈來愈害怕失去她。有一次，當他們做完愛，他煮了一碗陽春麵給她吃。這是他頭一次爲她下廚。她坐在床上，一邊吃麵一邊流淚。

『你不要對我那麼好。』她苦澀地對他說。

爲甚麼她要跟他說這句話呢？爲甚麼他不能對她好？是因爲她沒有愛上他嗎？

無論他多麼努力，她在他身上尋找的，也不過是一份慰藉。時日到

了，她還是會離開的。他忽然變消沉了。也許，在她心中，他也不過是用她來報復吧。她讓他覺得，她會用所有的氣力來否定這段愛情。他是被動的，沒有選擇的餘地。原來，當你愛著一個人時，連折磨也是一種幸福。

『在新宿的那天晚上，我們不是去Starbucks的嗎？』夏心桔說。

『是的。』

『你還記得他們一起喊last order嗎？』

『嗯。』

『這兩個字，忽然把我喚醒了。我和你，是不是就要這樣繼續下去呢？這是我們的last order嗎？我不想這樣。』她苦澀地說。

他以爲，他們在新宿最大的危險是會碰到孟承熙和孫懷眞；他沒想到，有些事情是他沒法逃避，也沒法預測的。

離別的那天，邱清智陪著夏心桔在路邊等車。車子來了，他看到夏心桔眼睛裡閃爍著淚光。他很想最後一次聽聽她的聲音，然而，她甚麼也沒說，他也不知道要說些甚麼。現在叫她不要走，已經太遲了。

夏心桔忘記了帶走唱盤上的一張唱片，那是Dan Fogelberg的〈Longer〉。兩段感情結束，他得到的是一張『天長地久』，命運有時挺愛開他的玩笑。

夏心桔走了之後，他也離開了那所房子。

很長的一段日子，邱清智不敢擰開收音機。尤其在寂寞的晚上，一個人在家裡或者在車上，他很害怕聽到夏心桔的聲音；他害怕自己會按捺不住拿起電話筒找她。

然而，那天晚上，他去赴一個舊同學的聚會。那個同學住在太子道，因此他又再一次走過他曾經每天走過的地方。他懷念著她在耳畔的低迴，他擰開了收音機，聽到她那把熟悉的聲音在車廂裡流轉。他的眼光沒有錯，她現在是香港最紅的一把聲音，主持每晚黃金時段的節目。

她現在有愛的人嗎？

這又跟他有甚麼關係？她的聲音，已經成爲回憶了。

後來又有一天，差不多下班的時候，邱清智突然接到夏心桔的電話。

她剛剛從日本回來，現在就在機場，問他可不可以見個面。他有甚麼理由拒絕呢？

在機場的餐廳裡，邱清智又再一次看到夏心桔。闊別多時了，他剛剛在不久之前鼓起勇氣再次傾聽她的聲音，想不到她現在就坐在他面前，再次觸動他身上所有的感官。

夏心桔告訴他，她看到孫懷眞和孟承熙在新宿一家湯麵店裡打工，生活不見得很好。

『我知道。』他說。

『你知道？』她詫異。

『懷眞寫過一封信給我，我是那個時候才知道他們在日本的，他們在那裡半工半讀。』

『爲甚麼你不告訴我？』她問。

『我害怕你會去找孟承熙，我怕我會失去你。』他終於說。

她久久地望著他，嘴唇在顫抖。

她的目光一直沒有從他身上移開，他垂下了眼瞼，望著自己那雙不知所措的手。他爲甚麼要說出來呢？

他望了望她，抱歉地微笑。

夏心桔垂下了頭，然後又抬起來。是不是他的告白讓她太震驚了？她是在埋怨他把消息藏起來，還是在他身上回溯前塵往事？

曾經，每一個迎著露水的晨曦，邱清智站在路邊那爿小店裡一邊喝咖啡一邊守候她。看到夏心桔回來的時候，他假裝跟她巧遇，然後跟她在那段小路上漫步。那些曖昧而愉快的時光，後來變換成兩個互相慰藉的身體。

那段互相依存的日子，不是沉溺，而是發現。他太害怕失去她了，只好一次又一次用片刻的溫存來延長那段被理解爲沉溺在復仇中的傷感歲月。一天，他驀然發現，那不是片刻；那是悠長的纏綿。從他們相識到分離，還沒有割捨。

地久天長，是多麼荒涼的渴求？

在許多次無言的性愛之後，他愛上她了。
他以爲性愛的歡愉是唯一的救贖，原來，眞正的救贖只有愛情。

no.3

今天晚上最後一個電話，是一個女孩子打來的。

『是Channel A嗎？我想用鋼琴彈一支歌。』女孩說。

『我們的節目沒有這個先例。』夏心桔說。

『我要彈的是Dan Fogelberg的〈Longer〉。』女孩在電話那一頭已經彈起琴來。

控制室裡，秦念念等候著夏心桔的指示，準備隨時把電話掛斷。然而，夏心桔低著頭，沒有阻止那個女孩。女孩的琴聲透過電話筒在直播室裡飄盪。她不是彈得特別好，那支歌卻是悠長的。

『你爲甚麼要彈這支歌？』夏心桔問。

『我希望他會聽到。』

『他是誰？』

『是一個很愛很愛我的男人。』

『他在哪裡？』

『我不知道。』女孩開始抽泣。

『這是一支快樂的歌呀！』夏心桔安慰她。

『騙人的！根本沒有天長地久。』女孩哽咽著說。

『已經破例讓你在這裡彈琴了，不要哭好嗎？節目要完了，你有甚麼話要說嗎？』

女孩沉默著。

『假如你沒有話要說——』

『我想說——』沙啞的嗓音。

『要快點了！』

『我想說，不要揮霍愛情，愛是會耗盡的。』

夏心桔把耳機從頭上拿下來，用手支著前面的桌子，緩緩地站起身。

秦念念探頭進來，問：『你沒事吧？』

『我沒事。』

秦念念遞了一個包裹給她，說：『那個人又寄油畫來給你了。』

夏心桔主持這個節目已經有兩年了，七百多個日子以來，每隔一段時間，一位署名S.F.翟的聽眾都會寄來一張自己親手畫的油畫。每一張畫，都仔細地配在一個畫框裡。

『剛才你爲甚麼肯讓她彈琴？』秦念念問。

『因爲是Dan Fogelberg的〈Longer〉呀！』她微笑著說。

也許她並不是爲了那個女孩，而是爲了自己。這是她和邱清智的歌；是開始，也是離別的歌。她太想念這支歌了。地久天長，當然是騙人的。早陣子，她見過邱清智。那是她和他分手之後第一次見面。那一刻，她才知道這個男人從前多麼的愛她。她記得，兩個人一起的時候，有一天，他們做愛之後，她餓昏了，邱清智煮了一碗陽春麵給她吃。她坐在床邊，雙手捧著那碗麵，麵裡飄浮著一朵晶瑩的油花，她從那朵油花裡看到自己臉上的淚珠滾滾掉落。

『不要對我這麼好。』她對他說。

當你不太愛一個人的時候，你才會這樣說的吧？她知道，自己是不值得的。

重聚的那天，她發現自己一直也是愛他的。只是，那刻也許太遲了吧？一起的時候，她揮霍他對她的愛，把他榨乾和踐踏。那種愛已經耗盡了，只留下苦澀的記憶。要回去，太不可能了。

她打開手上的包裹，是S.F.翟送來的油畫。畫裡頭，是一個窗口。窗邊放著一盆綠色的花。夜深了，窗外是一幢一幢的高樓大廈，其中一幢大廈的窗子，並不是窗子，而是一張女人的、思念的臉孔。

她頹然坐著，用手支著頭，久久地望著那張畫，這個不正是她自己嗎？她突然覺得眼睛濕潤而朦朧，一顆淚珠湧出眼眶，滴在畫上。

S.F.翟送給她的油畫，每一張的主角都是一個雙手環抱胸前的女人。無論背景怎麼變換，那個女人永遠低垂著眼皮，小小的臉、瘦瘦的鼻子，

嘴巴緊閉著，總是好像在思念一個人。

這個畫畫的人，應該是個男人吧？她覺得他是個男的。每一次，他的包裹裡，也還有一張小小的卡片，卡片上只是簡短的寫著：

『喜歡你的聲音，繼續努力！』

兩年來，這些鼓勵從未間斷。他的油畫畫得很漂亮。日復一日，夏心桔愈來愈好奇，他到底是一個怎樣的人呢？

包裹裡，有一張綠色的卡片，這一次，卡片上寫著一個地址和兩行字。

夏小姐：

從今天開始，我的油畫放在這家精品店裡寄賣。有空的話，不妨去看看。

S.F.翟

那家精品店距離她的家還不到十分鐘的路程。今天太晚了，明天，她要去看看。離開電台的時候，夜色昏昏，她彷彿看到對面那幢高樓的牆上也有自己的、一張思念著別人的臉。那樣痛苦地思念著別人，是回不了家的，只能在別人的窗子上流浪和等待。

第二天，夏心桔來到精品店。這是一家小小的精品店，賣陶瓷、石頭、畫框，也賣油畫。店員是個穿了鼻環的男孩子。她推門進去的時候，男孩自顧自的隨著音樂擺動身體。

『隨便看看。』男孩一邊嚼口香糖一邊說。

夏心桔看到牆上掛著很多張S.F.翟的油畫，油畫的主角，依然是那個雙手環抱胸前的女人。她抱著胸懷，怔怔地看著那些畫。

『翟先生會來這裡嗎？』她問。

『先生？』

夏心桔的心陡地沉了一下，帶著失望的神情問：『畫家是個女的嗎？』

『是男的。』

原來這個男孩剛才聽不清楚她的說話。是個男的便好了。她希望他是個男人，雖然，他也許已經很老了，或者是長得很難看；然而，她心裡渴望自己能夠被一個男人長久地關懷和仰慕，這樣的話，至少能夠證明她是一個有吸引力的女人。

『翟先生有時會來。』穿鼻環的男孩說。

『那我改天再來。』

幾天之後，夏心桔又來到精品店。

『翟先生剛剛走了。』穿鼻環的男孩認得她。

也許，她和他沒有相遇的緣分吧。她失落地站在他的油畫前面，她大概不會再來了。一個男人的聲音在後面說：

『我忘記帶我的長笛。』

『這位小姐找你。』男孩說。

夏心桔回過頭去，這個剛剛走進店裡的男人，高高的個子配著溫暖的微笑，看來只是比她大幾年。

『你好——』夏心桔說。

『夏小姐——』男人有些靦腆，又帶著幾分驚喜的神色。

『你就是送畫給我的那個人？』她問。

『是的，是我。』

『你的畫畫得很漂亮。』

『謝謝你。』

『賣得好嗎？』

『還算不錯，全靠牛牛替我推銷。』

『牛牛？』她不知道他在說誰。

他搭著男孩的肩膀說：『穿鼻環的，不是牛牛又是甚麼？』

男孩用手指頭頂了頂自己的鼻尖，尷尬地笑笑。

『他叫阿比。』翟成勳說。

『我也喜歡聽你的節目。』阿比說。

『你是畫家嗎？』她問。

『只是隨便畫畫的，我的正職是建房子。』男人遞上自己的名片，他的名字是翟成勳。

夏心桔接過了他手上的名片，她的心陡地跳一下。他是建房子的，她的初戀情人孟承熙不也是建房子的嗎？

『你那天晚上的節目很感人。』翟成勳說。

『你是說哪一天？』

『讓那個女孩子彈琴的那一天。』

『是她的琴聲還是她說的話感人？』

『是你讓她在節目裡彈琴這個決定很感人。我想像有一天，如果我想在節目裡唱一支歌，你會讓我唱的。』

『但你總不能唱得太難聽吧？』她開玩笑說。

『我唱〈Longer〉，你便會讓我唱。』

『你怎知道？』

『你常常在節目裡播這支歌。』他了解的笑笑。
『你可是我最忠實的聽眾呢！』她的臉紅了。
『我喜歡聽你的聲音，那是一種溫柔的安慰，可以撫平許多創傷。』
他垂下了頭，又抬起來，由衷的說。
『可惜沒法撫平自己的那些。』
她爲甚麼會跟陌生人說這種話呢？也許，他不是陌生的，他們早已經在聲音和圖畫中認識對方，這天不過是重遇。
沉默了片刻，她說：『我要走了。』
『我也要走了。』
兩個人一起離開精品店的時候，夏心桔看到翟成勳手上拿著一個黑色的、長方形的盒子，他剛才不是忘記帶長笛，所以跑回來的嗎？
『你玩長笛的嗎？』
『我在樂器行裡教長笛。』
夏心桔驚嘆地搖了搖頭：『你的工作眞多。』

『教長笛的是我的朋友，他去旅行了，我只是代課。』

『你的長笛吹得很好嗎？』

『教小孩子是沒問題的。』

『我以前認識一位朋友，他的吉他彈得很好。』她說的是邱清智。

『你也有學樂器嗎？』

『我現在學任何一種樂器，也都太老了吧？』

『我班上有一個女孩子，年紀跟你差不多。你來學也不會太老的。』

她笑了笑：『我好好的考慮一下——』

『夏小姐，你要去哪裡？要我送你一程嗎？』

『不用了，我就住在附近。再見了。』

當她轉過身子的時候，翟成勳突然在後面說：『你頭髮上好像有些東西——』

『是嗎？』她回過頭來的時候，翟成勳的手在她腦後一揚，變出一朵巴掌般大的紅色玫瑰花來。

『送給你的——』

『沒想到你還是一位魔術師。』

『業餘的。』他笑著跳上了計程車。

那天晚上，夏心桔把玫瑰養在一個透明的矮杯子裡，放在窗邊。已經多久了？她從來沒有像今天這麼甜美。眞想談戀愛啊！被男人愛著的女人是最矜貴的。

後來有一天，她不用上班，黃昏時經過那家精品店，翟成勳隔著玻璃叫她。

『喔，爲甚麼你會在這裡？』夏心桔走進店裡，發現店裡只有翟成勳一個人。

『今天是周末，阿比約了朋友，我幫他看店。這家店是我朋友開的，阿比是店主的弟弟。』

她望望那面牆，只剩下一張他的畫。

『你的畫賣得很好呀！』

『對呀！只剩下一張。』

『爲甚麼你畫的女人都喜歡雙手抱著胸前？』她好奇的問。

『我覺得女人擁抱著自己的時候是最動人的。』

她突然從他身後那面玻璃看到自己的反影，這一刻的她，不也正是雙手抱著胸前嗎？她已經記不起這是屬於她自己的動作呢，還是屬於油畫中那個女人的。

『你畫的好像都是思念的心情。』

翟成動靦腆的說：『我了解思念的滋味。』

『看來你的思念是苦的。』

『應該是苦的吧？』

『是的。』她不得不承認。

沉默了片刻，她問：

『你眞的是魔術師嗎？』

他笑了笑：『我爸爸的哥哥，那就是我伯伯了，他是一位魔術師。我的魔術是他教的，我只會一點點。』

『可以教我嗎？』

『你爲甚麼要學呢？』

『想令人開心！』她說。

『這個理由太好了！就跟我當初學魔術的理由一樣。那個時候，很多小孩子要跟我伯伯學魔術，一天，他問我們：「你們爲甚麼要學魔術？」當時，有些孩子說：「我要成爲魔術師！」有些孩子說：「我要變很多東西給自己！」也有孩子說：「我要變走討厭的東西！」只有我說：「我想令人開心！」我伯伯說：「好的，我只教你一個。」魔術的目的，就是要令人開心。』

『你伯伯現在還有表演魔術嗎？』

『他不在了。』翟成動聳聳肩膀，說：『現在，我是他的唯一的徒弟了。』

『你會變很多東西嗎？』

『你想變些甚麼？我可以變給你。又或者，你想變走哪些討厭的東西，我也可以替你把它變走。』

『不是說魔術是要令人開心的嗎？』

『特別爲你破例一次。』

夏心桔想了想，說：『可以等我想到之後再告訴你嗎？只有一次機會，我不想浪費。』

『好的。』

她知道翟成勳沒法把思念變走，也不能爲她把光陰變回來。那樣的話，她想不到有甚麼是她想變的。

不久之後的一天晚上，她做完了節目，從電台走出來的時候，看見了翟成勳在電台外面那棵榆樹下踱步，他似乎在等她。

『你爲甚麼會在這裡？』她問。

他靦腆的說：『想告訴你，我明天要走了。』

『你要去哪裡？』

『德國。』

『去工作嗎？』

『是的，要去三個星期。』

夏心桔有點兒奇怪，翟成勳特地來這裡等她，就是要告訴她這些嗎？他不過離開三個星期罷了，又不是不會回來；而他們之間，也還沒去到要互相道別的階段。

她望著翟成勳，他今天晚上有點怪。他的笑容有點不自然，他那一雙手也好像無處可以放。她太累了，不知道說些甚麼，最後，只好說：

『那麼，回來再見。』

翟成勳臉上浮現片刻失望的神情，點了點頭，說：『再見。』走得遠遠之後，他突然回頭說：『我答應過會爲你變一樣東西的。』

『我記得。』夏心桔微笑著說。

那天晚上回到家裡，她爬到妹妹夏桑菊的床上。

『爲甚麼不回去自己的床呢？』夏桑菊問。

『不想一個人睡。爲甚麼近來沒聽見你跟梁正爲出去？』

『他很久沒有找我了。』

『他不是你的忠心追隨者嗎？』

『單思也是有限期的。也許他死心了，就像那天晚上在你節目裡彈琴的女孩子所說的，他的愛已經給我揮霍得一乾二淨，沒有了。』

『眞可惜——』

『哪一方面？』

『有一個人喜歡自己，總是好的。』

『誰不知道呢？但是，那個人根本不會永遠俯伏在你跟前。你不愛他，他會走的。』

『這樣也很公平呀！記得我跟你提過的那個翟成勳嗎？他今天晚上在電台外面等我，我以爲是有甚麼特別的事情，原來他只是來告訴我他明天要到外地公幹。』

『就是這些？』

『是的，他有必要來向我告別嗎？』
『那你怎麼做？』
『就跟他說再見啦！』
『你眞糟糕！』
『爲甚麼？』
『他是喜歡你，才會來向你道別的。』
『他又不是不回來。』
『也許他想你叫他不要走。』
『不可能的，我不會這樣做。』
『人有時候會做些不可能的事。他喜歡你，所以捨不得你。』
『那麼，我是應該叫他留下來嗎？』
『不是已經太遲了嗎？』

夏心桔抱著枕頭，回想今天晚上在電台外面的那一幕，有片刻幸福的神往。他的等待、他的靦腆、他的不捨，是她久違了的戀愛感覺。臨走的

時候，他忽爾回頭，說：『我答應過會爲你變一樣東西的。』他是希望她要求把離別變走吧？她怎麼沒有想到他話中的意思呢？

『好像很想談戀愛的樣子呢！』夏桑菊說。

夏心桔笑了：『誰不想呢？』

『是的，最初的戀愛總是好的，後來才會變壞。』

她多麼寧願把離別變走？那三個星期的日子，她幾乎每一刻都在思念他，她已經成爲了他油畫中那個被思念所苦的女人。同時，一種甜美的快樂又在她心裡浮盪，遠在德國的那個人，也是在思念她吧？

三個星期過去了，四個星期也過去了，她許多次故意繞過那家精品店，都看不見翟成動。

後來有一天晚上，她故意又去一遍。這一次，她看到翟成動了。她興高采烈的走進店裡。

『你回來了！』她說。

『是的！』看見了她，他有點詫異。

在那沉默的片刻，夏心桔幾乎可以聽見自己急促的呼吸聲。她在等待著他說些甚麼。可是，他站在那裡，毫無準備似的。她想，也許是告別的那天，她令他太尷尬了，現在有所猶豫了。於是，她熱情地說：

『我想到要變些甚麼了。』

『你要變些甚麼？』他問。

她覺得翟成勳好像有點不同了。他變得拘謹，笑容收斂了，說話也少了。

『我想變一隻兔子。』她說，『小時候，我見過魔術師用一條絲巾變出一隻可愛的兔子。』

『好的，改天我教你。』

就在這個時候，一個長髮的女孩子從店後面走出來。

『你就是夏小姐嗎？』長髮女人興奮的問。

夏心桔掩不住詫異的神色。

『我們很喜歡聽你的節目。』長髮女人說。

『思思是阿比的姐姐。』翟成勳說。

『夏小姐，你喜歡甚麼，我們給你打折。』她說話的時候，挨著翟成勳，好像一對已經一起很多年的情侶。

翟成勳是有女朋友的，他爲甚麼不早點說呢？可是，他也許沒有必要告訴她吧？他們只是見過幾次面，他只是她的一個聽眾，他不過是一個兩年來一直鼓勵她的人。

『我去美國讀書四年，四年來，成勳每星期都寫信給我，他是個難得的男朋友。』思思說。

思思爲甚麼告訴她這些呢？

翟成勳油畫裡的所有思念，也是對思思的思念吧？

翟成勳避開了夏心桔的目光。眼前的這個人，跟那天晚上在電台外面說：『我說過要爲你變一樣東西。』的那個人，彷彿不是同一個人。他更不是那個第一次相遇便在她的頭髮裡變出一朵玫瑰的人。是她太多情了。

多少日子以後，夏心桔在節目裡又播了一遍〈Longer〉，也許，她日夕思念的根本是另一個男人，她只是冀求能有一段新的愛情來拯救自己。因爲愛的不是翟成勳，她不再感到尷尬了，只是有一種可笑的無奈。曾經有那麼一刻，她以爲迎面而來的一隻兔子是要奔向她懷中的；然而，當她張開雙臂，那隻兔子卻從她身邊溜走了。後面有另外一個人接住那隻兔子，那人才是牠的主人。而她自己呢？她並不是想要一隻兔子，她想要的，是一個懷抱。

no. 4

每一次經過陳澄域的家，秦念念都會停下腳步，抬頭望著他的那一扇窗子。

當她發現燈是亮著的，她不禁要問：爲甚麼他還沒有死？

今天晚上，她剛剛參加完一個舊同學的婚禮。她一個人走在街上，不知不覺又來到了陳澄域的那幢公寓外面。她抬起頭來，屋裡的燈沒有亮著，一輪皎潔的明月映照著他的窗子。如果月亮是有眼睛的，爲甚麼要垂顧這個負心的男人？

她想他死！

她從來沒有這麼恨一個人，那是一段她最看不起自己的歲月。

陳澄域臉上一顆斗大的汗珠掉落在她的乳房上，濕潤而柔軟，一直滑到她的臍眼。在那個地方，她能感覺到他在她身體裡面。她緊緊的捉住他的胳膊，問他：

『你是愛我的吧？』

他微笑著點頭，然後又合上眼睛，把自己推向了她。

『爲甚麼要合上眼睛？』她問。

『我在享受著。』他說。

『你不喜歡看著我嗎？』

『只有合上眼睛，才可以去得更遠。』他說。

秦念念也合上了眼睛。的確，當她把自己投進那片黑暗的世界，她才能夠更幸福地迎向他在她肚裡千百次的迴盪。在那段時光裡，她隨著他飛向了無限，摔掉了手和腳。最後，他張開了眼睛，吮吸她的舌頭。她哭了，眼睛濕潤而模糊。

『別這樣。』他替她抹去臉上的淚水。

這一刻，她想，即使是斷了氣，她也是願意的。現在就死在他身邊，那就可以忘記他還有另一個女人。

『你知道嗎？』她說，『我曾經以爲你很討厭我的。你每天把我罵得狗血淋頭。』

『我有那麼兇嗎？』他笑了。

『我那時眞的想殺了你！』她說。

剛進雜誌社當記者的時候，陳澄域是她的上司。他對她特別的嚴格。她寫的第一篇報導，他總共要她修改了十一次。到第十一次，他看完了那篇稿，冷冷的說：

『不行。』

就只有這兩個字的評語嗎？那篇稿是她通宵達旦寫的，她以爲這一次他會滿意了，誰知道他還是不滿意。他到底想她怎樣？

『你該好好考慮一下自己是否適合這份工作。』他說。

她的眼淚湧出來了。她本來充滿自信，卻在他跟前一敗塗地。他給她最多的工作和最刻薄的批評。他爲甚麼那樣討厭她呢？還沒有入行之前，她已經聽過他的名字了。沒有人不認識他，他曾經是著名的記者，他寫的報導是第一流的。當她知道可以和他一起工作，她多麼雀躍！他卻這樣挫敗她。

那陣子，她愛上了吃巧克力。據說，巧克力可以使人有幸福的感覺。每當她感到沮喪，便會跑去雜誌社附近的百貨店買巧克力。那兒有一個賣法國巧克力的櫃台，她貪婪地指著玻璃櫃裡的巧克力說：『我要這個、這個和這個！』當她吃下一顆巧克力，她眞的有片刻幸福的感覺，忘記了自己多麼的沒用。

一次，她在那個櫃台買巧克力的時候碰見陳澄域，她假裝看不見他，一溜煙的跑掉了。

後來有一天，陳澄域看完了她寫的一篇報導，罕有的說：

『還可以。』

『甚麼是還可以？』她憤怒了，『難道你不可以對我仁慈一點嗎？你爲甚麼這樣吝嗇？』

他望了望她，說：『難道你要我說這篇稿是無懈可擊的嗎？』

『那你最少應該多說幾句話。』

『你到底想我怎樣說，你不喜歡我稱讚你，是想我罵你嗎？』

『我曾經是很仰慕你的！』她說著說著流下了眼淚，『你爲甚麼要對我這樣苛刻！』

陳澄域沉默了。

『我在問你！』她向他咆哮。

陳澄域終於說：『我要使你成材！』

『你這樣對我是爲了使我成材？』她冷笑。

他拿起她的稿子說：『你現在不是寫得比以前好嗎？』

『這是我自己的努力！』她說。

他說：『是的，你是可以做得到的。』

她望著他，忽然理解他對她的嚴格。要是沒有他，她怎知道自己可以做到？她站在那裡，既難堪而又內疚。他爲甚麼要使她成材呢？這些日子以來，他愛上了她嗎？她又愛上了他嗎？她以爲自己是痛恨他的。

他從抽屜裡拿出一小包東西，放在她手裡，說：『給你的。』
『甚麼來的？』她抽咽著問。
『你每天都需要的。』他微笑著說。
她打開那個小包包看，原來是巧克力。
『你好像每天都在吃巧克力。』他說。
『因爲這樣才可以幫我度過每一天。』她笑了。
『這是我所知道的最好吃的巧克力，你試試看。』
『眞的？』她把一片巧克力放在舌頭上。
『怎麼樣？』
『很苦。』她說。
『喔，我應該買別的——』
她連忙說，『不，我喜歡苦的，這個眞的夠苦了！』
那苦澀的甜味漫過她的舌頭，她吃到了愛情的味道。
後來，陳澄域常常買這種巧克力給她。她問他：

『這種巧克力叫甚麼名字？』

『Le 1502。』他說。

『Le 1502。』她呢喃。

可是，愛他是不容易的。他已經有一個八年的女朋友了。她抱著他濕漉漉的身體，他替她抹去臉上的眼淚，又說一遍：

『不要這樣。』

『你甚麼時候才會離開她？』她問。

『給我一點時間好嗎？』他說。

『不是說對她已經沒有感覺了嗎？我真的不明白男人，既然不愛她，爲甚麼還要跟她一起？』

他無言。

『我不想再這樣偷偷摸摸。』她說。

這天晚上，也是因爲那個女人出差了，絕對不會忽然跑上來，陳澄域才讓她在這裡過夜。她毫無安全感地愛著這個男人。她憑甚麼可以贏過一段八年的感情呢？就單憑他的承諾嗎？作為一個第三者，當她的男人回到原來的那個女人身邊，她立刻就變成一隻被主人趕到外面的、可憐的小貓。

他一次又一次的答應會離開那個女人，他們為這件事情不知吵過多少遍，他始終沒有離開。是的，她太傻了。當一個男人知道那個第三者是不會走的，那麼，他也用不著離開自己的女朋友。

那年的聖誕節，他說要去日本旅行，是跟兩個弟弟一起去。

『眞的？』她不相信。

『不相信的話，你可以來機場送我。』

她沒有去，她相信這個男人，她想相信他。他告訴她，他已經很久沒有和他女朋友做愛了，她也相信，又何況是這些？

到了東京的第二天，陳澄域打了一通電話回來給她。

『吃了巧克力沒有？』他問。

臨走之前，他買了一包巧克力給她。

『我正在吃。』她說。

嚐著苦澀而幸福的味道，秦念念合上眼睛，飛越了所有的距離，降落在她愛的那個男人的懷抱裡，吻著他濡濕的身體。

『爲甚麼不說話？』陳澄域在電話的那一頭問她。

她微笑著說：『我的眼睛合上了，這樣才可以去得更遠。』

在他們一起的日子裡，她總是無數次的問他：『你愛我嗎？』唯獨這一次，她不用再問了。她知道他是愛她的。在她生命中，這段時光曾經多麼美好？然而，人只要張開眼睛，現實的一切卻是兩樣。

陳澄域旅行回來之後，一天，秦念念在他的錢包裡發現一張沖洗店的發票。她悄悄拿著發票到沖洗店去。那個店員把曬好了的照片交給她。她急不及待打開來看看。那一刻，她寧願自己從來沒看過。陳澄域哪裡是跟兩個弟弟一起去？他是和女朋友去的。照片裡的女人幸福地依偎著他。他們怎麼可能是很久已經沒有做愛了？

她把那一疊照片扔在他面前。

『你爲甚麼要騙我？』她淒楚的問。
『我不想你不開心。』他說。
他是不會離開那個女人的吧？她摟著他，哭了起來，『我眞的討厭我自己！爲甚麼我不能夠離開你！』
她在他眼睛的深處看到了無奈。怪他又有甚麼用呢？
『你還有甚麼事情瞞著我？』她問。
陳澄域搖了搖頭。
『我求你不要再騙我。』她哀哭著說。
『我沒有。』他堅定地說。
她多麼的沒用。她又留下來了，再一次的傷害自己。
一天，她偷看陳澄域的電子郵件，看到他女朋友寫給他的這一封：
域：
結婚戒指已經拿回來了，我急不及待戴在手上。這幾天來，我常常想

著我們下個月的婚禮，我覺得自己很幸福。謝謝你。

薇

秦念念整個人在發抖。她怎麼可以相信，她愛著的那個男人，她和他睡覺的那個男人，竟然能夠這樣對她？他從來沒有打算和她長相廝守。他一直在欺騙她，是她自己太天真、也太愚蠢了。

她沒有揭穿他。這天下班之後，她甚至跑到百貨店買了一雙水晶酒杯。

『是送給朋友的結婚禮物，請你替我包起來。』她跟店員說。

她一定是瘋了吧？哪個女人可以承受這種辜負呢？

那天晚上，她抱著結婚禮物來到陳澄域的家。他打開門迎接她，看到她懷中的禮物，問她：

『是甚麼來的？』

『送給你的。』她把禮物放在他手裡。

『為甚麼要買禮物給我？』他微笑著問她。

她盯著他眼睛的深處，擠出了苦澀的微笑，說：『是結婚禮物。』

陳澄域迴避了她的目光。

長久的沉默過去之後，他摟著她，想要吻她。

『你走開！』她向他咆哮，『你以後也不要再碰我！』

『你到底想我怎樣？』

『你答應會離開她的！』哀傷的震顫。

『我做不到。』他難過地說。

『對我你卻甚麼也可以做，不怕我傷心！是不是？』她打斷他。

『對不起——』他說。

她淒然問他：『你為甚麼要向我道歉？你為甚麼不去向她道歉？為甚麼你要選擇辜負我？』

『我根本沒得選擇！我不是想騙你，我是沒辦法開口。』

『你可以不結婚嗎？』她哀求他。

『你會找到一個比我好的人。』他說。

她心裡悲傷如割：『但我不會再這麼愛一個人了。』

她以爲自己能夠離開這個男人，可是，她還是捨不得。後來，在辦公室見到陳澄域，她問他：

『今天晚上，我們可以見面嗎？』

他冷漠的說：『我們還是不要見面了。』

『爲甚麼？』她害怕起來。

『我是爲了你好。』他說。

『在你結婚之前，我們見最後一次，好嗎？』她求他。

他決絕地搖頭：『不要了。我這樣做是爲了你。』

『我不要你爲我！你一向也沒有爲我想！』她冷笑。

『所以，從今天開始，我要爲你想。』他說。

他一直是在騙她的吧？如果不是，他怎能夠這樣決絕？

那天晚上，她跑上陳澄域的家。他還沒有回來。她一向沒有他家裡的鑰匙。她坐在門外癡癡地等他。她多麼看不起她自己。

陳澄域回來了，手上拿著大包小包，是新婚的用品吧？

『我可以做第三者！』她哭著說。

『你做不到的！』他說，『念念，你不是這種人。』

『那你就不要結婚！』

『不行。』他說。

她揪著他的褲頭，歇斯底里的罵他：

『你把我當做甚麼人了！我後悔我沒有張開眼睛看清楚你！』

陳澄域捉住她雙手說：

『你瘋了嗎！』

她拉扯著他：『你根本從來沒有愛過我！』

『你認爲是這樣便是這樣吧！』陳澄域把她推開。

她狠狠的摑了他一巴掌，他震驚而憤怒的望著她。

這一巴掌，是了斷吧？

後來，陳澄域結婚了。她失去了生活所有的鬥志。沒有人再給她買巧克力，巧克力也不能再給她幸福的感覺。她的稿簡直寫得一塌糊塗，再沒有人要使她成材。

一天，陳澄域跟她說：

『公司會辦一本新雜誌，你過去那邊上班好嗎？』

『你這是甚麼意思？』她問。

『那邊比較適合你。』

『你是想把我調走吧？』她質問他。

『你自己也知道，你在這裡根本沒辦法工作。』他說。

『那我自己辭職吧？』她說。

他沉默了。

『你知道我最後悔的是甚麼嗎？』她問。

然後，她說：『跟你上床是我一生最後悔的事。』

她沒有再當記者了，她沒有留在那個圈子。她進了電台工作。

今天晚上，她在婚禮上看到新人拿著一雙漂亮的水晶杯。她不是也曾經送過這份結婚禮物給陳澄域嗎？那個時候，她居然還想感動他。聽說他升職了，他現在一定很幸福吧？他也許已經記不起她了。

這麼卑鄙的人，爲甚麼還活著呢？上天有多麼的不公平！

她離開了那個漆黑的窗口，回到電台。節目已經開始了。

節目尾聲的時候，一個女孩子打電話進來，說要用鋼琴彈一支歌。

『我們沒有這個先例。』夏心桔說。

『我要彈的是Dan Fogelberg的〈Longer〉。』女孩在電話那一頭已經彈起琴來。

她準備隨時把電話掛斷，然而，夏心桔並沒有阻止那個女孩。

女孩的琴聲穿過電話筒在空氣裡飄盪。還有人相信天長地久的愛情嗎？她只知道，當一個女人感到幸福，也一定有另一個女人因爲她的幸福而痛苦。

彈琴的女孩說：『不要揮霍愛情，愛是會耗盡的。』

她沒有揮霍愛情，她的愛是給別人揮霍了的。耗盡之後，只剩下恨。

節目結束了，秦念念把一個聽眾寄來的油畫交給夏心桔，那是一個喜歡畫思念的畫家。不管是苦還是甜，思念著別人和被人思念著，也是好的吧？只是，她沒有一個人要思念。

『要一起走嗎？』夏心桔問她。

『我還有些東西要收拾。』她說。

夏心桔出去了。新聞報導的時候，秦念念聽到這段消息：

凌晨十二點三十五分，西區海傍發生一宗嚴重車禍。《遠望》雜誌總編輯陳澄域駕駛一輛私家車失事衝下海。消防員及警員到場拯救。陳澄域送醫院之後證實死亡。

秦念念渾身在抖顫。那位新聞播報員從直播室走出來，她捉住他問：

『真的是陳澄域嗎？』

『是的，身分已經證實了，你跟他是認識的嗎？』

『他死了？』她喃喃。

她回憶起他的臉和他的眼睛。他曾經合上眼睛和她一起飛向無限，後來卻背負了她。她不是很想他死的嗎？突然之間，在一個月夜裡，他死了，死於水裡。她應該感到高興才對，她卻肝腸寸斷了。他的肉體也許將化作飛灰，也許長埋地下，自有另一個女人爲他哀傷流淚。她爲甚麼要悲痛欲絕呢？她不是恨透了他的嗎？他曾經那樣欺騙她、辜負她，他甚至沒有愛過她。

他眞的從來沒有愛過她嗎？他曾經想她成材。當他在另一個女人身邊時，他還是從遙遠的地方打電話回來給她。他是爲了她著想才會那麼無情的。他怎會沒有愛過她呢？他曾經溫柔地爲她抹去眼淚，還有那千百次愛的迴盪。只是，他今生也不可能跟她長相廝守了。

他爲甚麼要死呢？他死了，她是空的。

no.5

張玉薇在陳澄域的遺物裡發現了幾本日記。這麼多年來，她從不知道他有寫日記的習慣；她不知道的事情太多了。

從前，陳澄域總愛問她：

『玉薇，如果有一天我不在了，你最懷念跟我一起做的哪些事情？』

『太多了！』她老是這麼回答。

那個時候，她怎會想到這些戲言都會成眞？早知道這樣，她絕對不會背叛他。她以爲她已經補償了；可是，當她看到他的日記，她才知道她永遠無法補償。直到她自己死的那一天，那個傷口仍然是難以彌合的。

她和陳澄域是在飛機上邂逅的。他從香港飛去倫敦採訪，她是那班航機上的空中服務員。他們約好了在倫敦一起遊玩。

波特貝露道是倫敦最著名的古董街。除了放眼不盡的古董店之外，還有許多賣水果的攤子、剛剛出爐的麵包、阿拉伯人做的燒雞和咖啡的香味。那個冬日的早上，波特貝露道擠滿了遊人，她把一大包無花果抱在懷裡，一邊走一邊吃。她還是頭一次吃到新鮮的無花果，那種清甜的味道常常使她懷念倫敦。陳澄域買了一份燒雞三明治，撕成兩半，分了一半給她。

來到一個賣花的攤子前面，陳澄域揀了一束英國紅玫瑰給她。

『聽說，去到每一個城市，都應該買一束當地的花。』他說。

『爲甚麼？』

『打個招呼，也留個帶不走的紀念。』他微笑著說。

那個紀念並不是帶不走的，它留在回憶裡。多少年了，她和陳澄域有過許多難忘的往事；然而，波特貝露道的清晨，卻在她的記憶裡永存。若問她最懷念和他一起做的哪些事情，那麼，大概就是這一天了。愛情剛剛萌芽的時候，一切總是單純而美好的，到了後來，才有背叛和謊言。

她跟余志希是在飛機上相識的，然後，她跟這個剛剛相識的男人在西

班牙的波塞隆納把臂同遊。當她接到陳澄域從香港打來的電話時，她正赤身露體的躺在余志希的床上。

『很掛念你。』陳澄域在遙遠的故鄉說。

『我也是。』她說。

掛上電話之後，她捲著床單跑到浴室裡，坐在馬桶上哀哀痛哭。她不是一直愛著他的嗎？她從沒想過自己能夠背叛他；而且，在另一個男人的床上時，仍然那麼鎮定地回應他的思念。她不能原諒自己。每一段愛情都是有缺口的吧？那個缺口是由甚麼造成的？也許是由時間造成，也許是由貪婪造成。總之，人後來背叛了自己所愛的人，也背叛了自己。

內疚並沒有使她離開余志希，她常常和他在外地偷情。有生以來，她第一次意識到自己完全因爲欲念而愛戀著一個男人。她終於明白，那個缺口也是由遺忘造成的。兩個人一起的時間太久了，男人不會再讚美女人。然而，新相識的那一個，卻會讚美她身上每一個地方，使她深深相信，她還是那麼的年輕，她還能夠吸引更多的男人。

和余志希在倫敦的那個晚上，他問：

『明天早上和你去逛波特貝露道好嗎？』

『不要！』她斬釘截鐵的說。

余志希不明白她爲甚麼會拒絕，只有她知道，那是她回憶裡的詩情區域，她會盡一切努力去保持它的純潔。那就正如她不會和余志希在香港上床。那個地方，是留給陳澄域的。這種堅持，也許是愚蠢的；可是，這樣會使她好過一點。她沒法跟兩個男人上同一張床，那會使她太恨自己。

余志希用手指頭揉著她的眼睛，問她：

『爲甚麼不肯在香港和我見面？』

有那麼一刻，她很想奔向他。經年累月的愛是愛，短暫的愛也是愛；只是，經年累月的愛有更多的安全感。從一開始，她沒打算過要離開陳澄域。

多少次了，當她回到陳澄域身邊，她很想告訴他：『我有了另一個男人！』彷彿這種坦白能夠減輕她的罪疚；然而，她始終沒有勇氣。

當她從倫敦回來的那個晚上，陳澄域緊緊地摟著她，問：

『有一天，當我不在了，你最懷念和我一起做的哪些事情？』

她微笑著說：『就是和你一起睡呀！』

他問：『你會離開我嗎？』

『除非你離開我。』她久久地把他抱在懷裡。

爲甚麼一個人可以懷著罪疚去背叛自己所愛的人呢？她到底是不明白的。

和余志希的關係，維持了九個月之後結束。在巴黎的那個早上，當她醒過來，余志希仍然在熟睡，睡得很甜。她身邊的電話響起來，是陳澄域。

『有沒有吵醒你？』他問。

『沒有。』

『巴黎昨天有炸彈爆炸。』他說。

『我知道了，幸好沒有死傷。』

『你一個人，要小心一點。』他叮囑。

『不是只有我一個人。』她說，『還有其他同事。』

『不管怎樣，要小心呀！我等你回來。』他再一次叮囑。

放下了電話筒，她轉過身去，背著余志希。是分手的時候了，她再也受不住內疚的煎熬。那個早上，不是良知召喚了她，而是愛情。她還是愛著遠方的他多一點。離別已經在她和陳澄域之間上演過不知多少次了，這一次的叮嚀，卻是撕心裂肺的。漫漫長途終有回歸，是回家的時候了。

她回到了陳澄域的身邊。曾經有過的背叛，使她更清楚知道誰是一生廝守的人。從今以後，她會專心一意的愛他。那九個月裡所發生的一切，他一輩子也不會知道。這樣也好，這樣的話，他們的愛情才是完美的。

可是，一年之後，她發現陳澄域有了第三者。

一天，她在百貨公司裡看見他買巧克力。她是從來不吃巧克力的，他買給誰呢？也許，他不過是用來送禮給朋友；可是，從他臉上的神情看來，卻像是買給女孩子的。當他抱著巧克力時，他是微笑著的，是滿懷情

意的。

她走到那個櫃台，問賣巧克力的女孩：

『剛才那位先生買的，是哪一種巧克力？』

『喔，是這一種。』女孩指著一盤正方形的、薄薄的巧克力，說：『是Le 1502。』

女孩問她：『小姐，你要不要試一試？這個巧克力很苦的，那位先生常常來買。』

『是自己吃的嗎？』她問。

『這個我倒不知道了。』女孩說。

她也買了一包相同的巧克力。

那天晚上，陳澄域見到那包巧克力的時候，很是詫異。他的神色出賣了他，他從來就不是一個會說謊的人。

『朋友送的。』她說，『你要吃嗎？這個巧克力叫Le 1502。』

他搖了搖頭。

果然不是他自己吃的。

那個女人到底是誰呢？這是報應吧？她曾經背叛過他，現在，她得到報應了。當他愛上了別人，她才知道被背叛是多麼的難受。這不是報應又是甚麼？即使結束了那段九個月的關係，也不可以贖罪。

她飛去倫敦的那天早上，陳澄域來送機。離別的那一刻，她問：

『你記不記得我們第一次遊倫敦的時候，一起逛波特貝露道？』

他說：『怎會不記得？你吃了一大包無花果。那個時候，我心裡想：

「這個女人眞能吃！」』

她問：『你會不會離開我？』

他摟著她，說：『不會。』

到了倫敦，她一個人回到波特貝露道，買了一束英國紅玫瑰。自從陳澄域在這裡送過一束花給她之後，每次去到一個城市，她都會買一束當地的花；打個招呼，也留個帶不走的紀念。即使是與余志希一起的時候，這個習慣依然沒有改變。回想起來，是這個買花的習慣把他們永遠連在一起

的吧？

在倫敦的那個早上，她打了一通電話給陳澄域，他好像在睡覺，說話的聲音也特別小。

『有沒有吵醒你？』她問。

『沒有。』他說。

曾幾何時，當她睡在余志希的身邊，陳澄域不也是在遙遠的地方問她同一個問題嗎？這個時候，他身邊是不是也有另一個女人？

如果是報應，可不可以到此爲止？她受夠折磨了，她知道自己有多麼愛他了。

『你會不會離開我？』她淒然問他。

久久的沉默之後，他說：『爲甚麼這樣問？』

『我害怕有一天會剩下我一個人。』

『不會的。』他說。

她拿著電話筒，所有的悲傷都湧上了心頭。她很想問他：

『你身邊是不是有另外一個女人？』

可是，她終究沒有問。

她不敢問，怕會成爲事實。萬一他回答說：『是的，我愛上了別人。』那怎麼辦？裝著不知道的話，也許還有轉變的餘地。她不是也曾經背叛過他嗎？最後也回到他身邊。當他倦了，他會回家的。

回到香港的那個下午，她走上了陳澄域的家，發覺他換過了一條床單。幾天前才換過的床單，爲甚麼要再換一次呢？而且，他是從來不會自己換床單的。她像個瘋婦似的，到處找那條床單，最後，她找到一張洗衣店的發票，床單是昨天拿去洗的。

床單是給另一個女人弄髒了的吧？陳澄域太可惡了！他怎能夠跟兩個女人上同一張床？這張床是他們神聖的詩情區域，他怎麼可以那樣踐踏？

她很想揭穿他。可是，她跟自己說：要冷靜一點，再冷靜一點。一旦揭穿了他，也許就會失去他。一起這麼多年了，她不能夠想像沒有他的日子，她不想把他送到另一個女人手上。她曾經背叛他，現在，他也背叛她

一次，不是打成平手嗎？

陳澄域回來的時候，她撲到他身上，手裡拿著在波特貝露道上買的紅玫瑰。他接住了她整個人。

『你幹甚麼？』他給她嚇了一跳。

她說：『你不是說過，每次去到一個城市，該買一束當地的花，打個招呼，也留個帶不走的紀念嗎？這是倫敦的玫瑰。』

『可是，那束花是不應該帶回來的。』他說。

『這次是不一樣的。』她說。

『爲甚麼？』

『因爲是用來向你求婚的。』她望著他眼睛的深處，問：『你可以娶我嗎？』

他呆在那裡。

『不要離開我。』她說。

她在他眼裡看到了一種無法言表的愛，她放心了。她拉開了他的外套，他把她抱到床上。她扯開了那條床單，騎著他馳進了永恆的國度；那裡，遺忘了背叛與謊言，只有原諒和原諒。

她知道他終於離開那個女人了。他現在是完全屬於她的，再沒有甚麼事情可以把他們分開。

一天，她在書店裡遇到余志希。

『很久不見了。』他說。

『嗯。』

沉默了一陣之後，她終於說：

『我結婚了。』

『恭喜你。』余志希說。

『要去喝杯咖啡嗎?旁邊有一家Starbucks。』他問。

『不了。』她說。

余志希尷尬的說：『我沒有別的意思。』

她微笑著說：『我也沒有。』

那個時候，爲甚麼會愛上余志希呢？那個愛情的缺口，已經永遠修補了。

當她以爲一切都是那麼美好的時候，報應又來了。那天晚上，她一個人在家裡，陳澄域說好了大概十二點鐘回來。十一點十五分的時候，她打電話到辦公室給他，他說差不多可以走了。

『有沒有想念我？』她問。

陳澄域笑著說：『當然沒有。』

『眞的沒有？』

『嗯。』

『哼，那麼，你不要回來。』

『你不想見到我嗎？』

『不想。』

『但我想見你。』他說。

她笑了：『但我不想見你。』

過了十二點鐘，陳澄域還沒有回來，他老是有做不完的工作。她擰開了收音機，她每晚聽夏心桔的節目。那天晚上，一個女孩子在節目裡用鋼琴彈 Dan Fogelberg 的〈Longer〉，悠長動聽。

兩點鐘了，陳澄域爲甚麼還沒有回來呢？然後，她聽到了電台新聞報告。陳澄域的車子失事衝下海裡。家裡的電話響了起來，她雙手抖顫。她背叛了自己所愛的人一次；可是，上帝竟然懲罰她兩次。一次的背叛，還有一次的永別。太不公平了。

是不是因爲她把從波特貝露道買的玫瑰帶了回來？陳澄域說，那是個不該帶走的紀念。她帶走了，紀念變成詛咒。

她曾經想過她和陳澄域也許會分開；那是因爲她愛上了別人，他也愛上了別人。她只是沒有想到是死亡把他們永遠分開了。而她跟他說的最後一句話竟然是：我不想見你。她多麼恨她自己？

現在，她讀著他的日記，淚流滿面。她在一本舊的日記裡發現這一篇：

我愛她比我自己所以爲的多太多了。明知道她愛上別人，我卻一直裝著不知道，甚至沒有勇氣去揭穿她的謊言。

當她在另一個城市裡，她是睡在另一個男人的身旁吧？

很想放棄了，每次看到她的時候，卻又只想原諒和忘記。

等著她覺悟，等著她回來我身邊，天知道那些日子有多麼難熬。

她曾經以爲自己的謊言無懈可擊；原來，只是他假裝不知道。他後來愛上了另一個女人，也是報復吧？

上帝有多麼的殘忍？祂不是懲罰她兩次；當她找到這本日記，便是第三次的懲罰，也是最重的一次。

no.6

午夜裡，關雅瑤光著身子，坐在鋼琴前面，彈著Dan Fogelberg的〈Longer〉。

天長地久，本來便是一支哀歌。

她的鋼琴是自學的。心情好的時候，彈得好一點，心情壞的時候，糟糕一些。忽然之間，她聽到樓下傳來長笛的聲音，悲切如泣。是誰爲她伴奏呢？不可能是鄭逸之，他已經不會再回來了。

她的手停留在琴鍵上，喚回了一些美好的記憶。所有的童年往事，都是美麗的。無論長大之後有多麼不如意，童年的日子，是人生裡最快活的回憶。

那個時候，她和鄭逸之是小學六年級的同學。他是學校長笛班的，她看過他在台上表演。鄭逸之臉上永遠掛著羞怯的神情。他長得特別的高、特別的白，使他在一群男孩子之中顯得分外出眾。他們是同班的，可是他從來沒有主動跟她聊天。她暗暗地喜歡了他，每天刻意打扮得漂漂亮亮才上學。他卻似乎一點也沒有留意。

一天放學後，她悄悄跟蹤他。那天下著微雨，鄭逸之住在元朗，離學校很遠，看著他走進屋子之後，她笨笨的站在外面，她還是頭一次跟蹤別人呢！那時並不覺得自己傻。喜歡了一個人，又不敢向他表白，那麼，只好偷偷的走在他的影子後面，那樣也是愉快的。

當她決定回家時，才發現身上的錢包不見了。她想起剛才在路上給一個中年女人撞了滿懷，沒想到那人是個扒手。

天黑了，雨愈下愈大。從元朗走路回家，根本是不可能的。她唯有硬著頭皮敲了鄭逸之家裡的門。

走出來開門的是鄭逸之，看到了她，他愣了一下。

『關雅瑤，你在這裡幹甚麼？』

『你可以借錢給我坐車回家嗎？』她說。

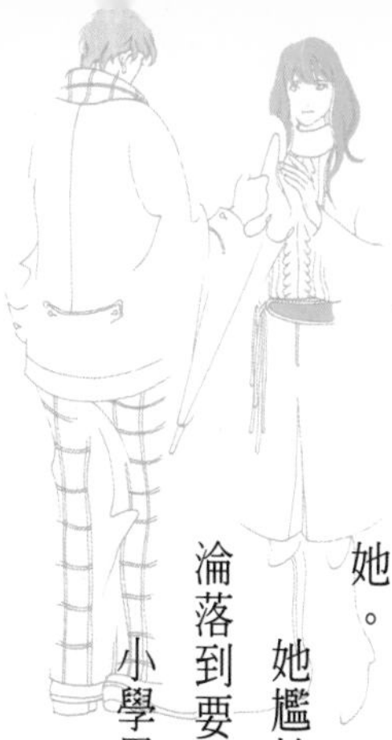

『你要多少？』

『從這裡去香港，要多少錢？』

『大概十塊錢吧。』

『那你借十塊錢給我。』

『你等一下。』

他走進屋裡，拿了十塊錢給她。

『我會還給你的。』她說。

當她正要離去的時候，他在後面說：

『你等一下。』

他往屋裡跑，不一會兒，他走出來了，手裡拿著一把雨傘，遞了給她。

她尷尬得想哭，拿了他手上的雨傘，轉身便跑。跟蹤別人，最後竟然淪落到要向被自己跟蹤的人借錢回家，有甚麼比這更難堪呢？

小學畢業之後，她和鄭逸之各散東西。那段輕輕的暗戀不過是年少日子裡一段小插曲；直到他們長大之後重遇，插曲才變成了哀歌。

假使她愛戀著的一直也是他，那並不會是哀歌。可惜，在他們重逢之前，她已經愛上了另一個人，她已經差點兒忘記他了。小說或電影裡，老是把童年邂逅的戀情寫得天長地久，好像是此生注定的。現實裡，人長大了，卻是會變心的。

他們在一家書店裡重遇的時候，鄭逸之長得更高了。

『你還欠我一把雨傘和十塊錢！』他笑著說。

他已經由一個羞澀的男孩變成一個可親的故人。跟蹤他回家的第二天，暑假便開始了，她一直沒有機會把錢還給他。

『我請你吃飯好了。』她說。

『你只是欠我十塊錢！』

『那是十幾年前的十塊錢呢！你現在有空嗎？聽說附近有家義大利餐廳很不錯。』

『那我不客氣了！』

兩個人在餐廳裡坐下來之後。她問鄭逸之：『你還有玩長笛嗎？』

『沒有了。長大之後，興趣也改變了。』

『還以爲你會成爲長笛手呢！』

『我沒有這種天分。』

『雖然沒有天分，我也開始彈鋼琴呢！』

『是第幾級？』

『是自己對著琴譜亂彈的，並沒有去上課。』

『你還是像從前一樣任性。』

『我從前很任性嗎？』

『小學時的你，好像不太理會別人的，自己喜歡怎樣便怎樣。』

『原來你一直也有留意我呵！還以爲只有我留意你。』

『那天你爲甚麼會在我家外面出現？』

『放學之後，我跟蹤你回家。』事隔這麼多年，她也不怕坦白承認。

『你爲甚麼跟蹤我？』

『那時我暗戀你。』

鄭逸之笑了：『我有這麼榮幸嗎？』

『都是因爲跟蹤你，結果遇上扒手。你把雨傘借給我，是不是你也暗戀我呢？』

『也許是吧！你小時的樣子很可愛。』

『那時候爲甚麼會暗戀別人呢？暗戀和單戀，都是自虐。』她感觸地說。

『少年的暗戀，是最悠長的暗戀。』他說。

她已經忘了鄭逸之，他卻一直沒有忘記她。因爲童年的那段歷史，他們成了親密的朋友。他更愛上了她。

少年的暗戀，是悠長而輕盈的。成年之後的暗戀，卻是漫長而苦澀的。她暗戀的，是余志希。第一眼見到余志希，她便愛上了他。與其說是愛，不如說是崇拜更爲貼切一些。崇拜比愛更嚴重。愛一個人，是會要求回報的，是希望他也愛你的。崇拜一個人，卻是無底的，能夠爲他永遠付出和等待。少年的崇拜，也同時是崇高的。成年以後的崇拜，卻是卑微的。

余志希並不是常常在香港。一個月裡，他幾乎有一半的時間不在香港。他不在的時候，她那半個月的日子也是空的。他從來沒有承諾一些甚麼。有時候，他們只是吃飯和上床的情人。她一向自命是個時代女性。男女之間，不過是一種關係，而不是感情。關係是瀟灑的，感情卻是負擔。可是，她壓根兒便不是這種女人，那只是她無可奈何的選擇。

那天晚上，余志希從西班牙回來。她本來約了鄭逸之看電影，接到余志希的電話之後，她立刻找個藉口推掉了鄭逸之。

余志希對她，也是有感情的吧？那天，他用舌頭舐她的臉和頭髮，把她舐得濕漉漉的，像一頭小狗。她問他：

『這一次，也是和那個空中小姐一起嗎？』

他沒有回答。

『爲甚麼她從來不在香港跟你見面，是因爲她有男朋友嗎？』

他用舌頭舐她的嘴巴，不讓她說話。
『我有甚麼不好？』她哽咽著問他。
『你沒有甚麼不好。』他說。
『那爲甚麼我永遠是後備？是不是她比我漂亮？』
他舐了舐她的耳朵，說：『你很好，你太完美了。』
『是嗎？』她難過的問。
『嗯。』他舐她的脖子。
她脫下了胸罩，坐在他身上，用乳房抵著他的胸口，彷彿只有這樣才能夠縮短他們之間的距離。然而，無論她怎麼努力，他和她，卻是關山之遙。
她只是他永遠的後備。完美，是一種罪過。有多完美，便有多痛苦。
她也有一個永遠的後備。那個人也是近乎崇拜的，永遠在等她。
最初的日子，她曾經坦白的告訴鄭逸之：
『我是一個男人的後備。』

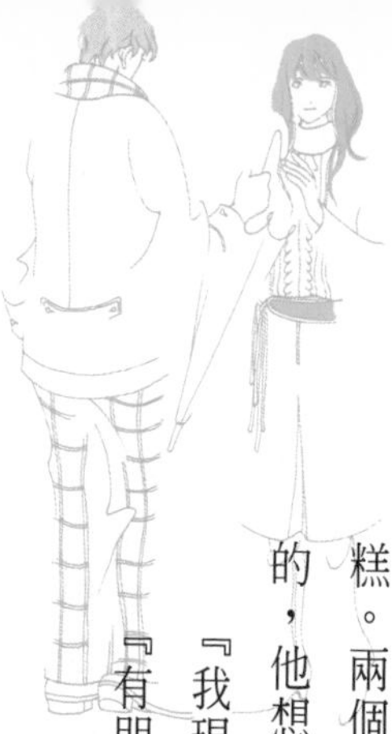

『他說我太完美了，所以不能愛我。你說呢？』她問。

『那他也不應該跟你上床。』他有點生氣，是替她不值。

後來，她看得出他愈來愈妒忌，便也不再提起余志希。那是他們兩個人之間的一個氣球，誰也不想戳破。一旦戳破了，便只剩下兩個同病相憐的人。

可是，她比余志希更殘忍。余志希還是會疼她的。她對鄭逸之，卻任性得很。既然知道這個男人永遠守候；那麼，她也不在乎他。甚麼時候，只要余志希找她，她便會立刻撇下他。她的時間表，是爲余志希而設的。

鄭逸之生日的那天晚上，她在那家義大利餐廳預先訂了一個生日蛋糕。兩個人差不多吃完主菜的時候，她的手提電話響起，是余志希打來的，他想見她。

『我現在沒有空。』她把電話掛上了。

『有朋友找你嗎？』鄭逸之問。

『沒甚麼。』她說。

可是，掛斷電話之後，她又後悔了。她看著鄭逸之，她喜歡他嗎？她十一歲的時候是喜歡過他的，往事已經太遙遠了。他坐在她面前，唾手可得；她牽掛的，卻是電話那一頭的男人。

她急急的把面前的鱸魚吃掉，期望這頓晚飯快點結束，那麼，她還趕得及去余志希那裡。鄭逸之在跟她說話，她的魂魄卻已經飛走了。

服務生把一個點了洋燭的蛋糕拿上來。鄭逸之沒想到會有一個蛋糕。

『很漂亮！』他說。

『快點許個願吧！』

『許個甚麼願呢？』他在猶豫。

她偷偷看了看手錶，又催促他：

『還不許願？洋燭都快燒光了。』

他平日很爽快，這天卻偏偏婆婆媽媽的，把她急死。

『想到了！』他終於說。

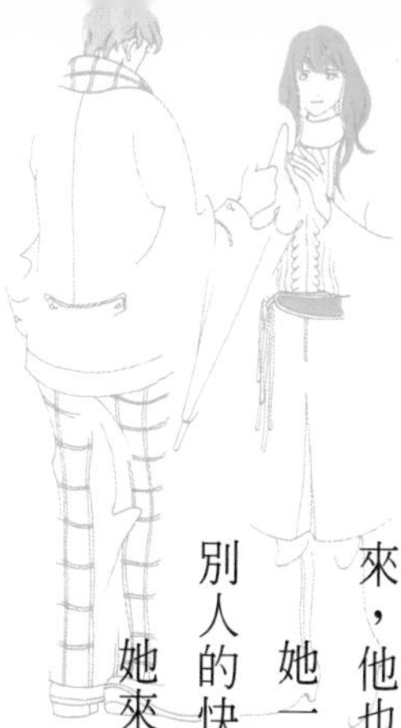

『太好了！』

還沒等他閉上眼睛許願，她已經急不及待把蛋糕上的洋燭吹熄。燭光熄滅了，他怔怔地望著她，不知道是難堪還是難過，一雙眼睛都紅了。

『如果你有事，你先走吧！』鄭逸之說。

『不，我只是以爲你正要把洋燭吹熄。』她撒謊。

可是，誰都聽得出那是個謊言。

他們默默無語地吃完那個蛋糕，然後他說：『時間不早了，我送你回家吧。』

回家之後，她匆匆的換了衣服出去，跑到余志希那裡。她拍門拍了很久，沒有人來應門。余志希跟鄭逸之不一樣，他是不會永遠等她的。她不來，他也許還有第三，甚至第四個後備。

她一個人，荒涼地離開那個地方。她是多麼差勁的一個人？她破壞了別人的快樂生日；那個男人，且是那樣愛她的。

她來到鄭逸之的家裡拍門。他來開門。看見了她，他有點愕然，也有點難過。

她說：『你可以借錢給我坐車回家嗎？』

十一歲那年，她不也是在他的家門外問他借錢回家嗎？

他本來不想再見她了，看到了她，又憐惜了起來。

『你要多少錢？』他問。

『從這裡到香港要多少錢？』

他笑了。她撲到他懷裡哽咽著說：

『對不起，我並不想這樣。』

『沒關係。』他安慰她。

『你爲甚麼對我那樣好呢？很多人比我好呀！很快你便會發覺，我並不值得。我一點也不完美。』

鄭逸之抱著她，俯吻著她的嘴唇。可是，她心裡惦念著的卻是那個不愛她的男人。

『對不起，我不可以。』她哭著說。

她在他眼裡覺出一種悲傷的絕望。

她從來不相信命運，可現在她有點相信了。她成爲了別人的後備，又有另一個人成爲她的後備。後備也有後備。余志希何嘗不是那位空中小姐的後備？

第二天，她回到余志希那裡。

『你昨天跟朋友一起嗎？』他問。

她笑了笑：『你不是妒忌吧？』

他甚麼也沒說。她眞是太一廂情願了，他怎會妒忌呢？

『明天可以陪我嗎？』她問。

『我明天晚上要去倫敦。』

『喔，是嗎？』

『如果我說，明天之後，我們不再見面了，你捨得嗎？』

余志希一邊脫下她身上的衣服，一邊問：

『你不想再見我嗎？』

『你可以寄人籬下，但我也許不可以了。』她咬著牙說。

他用力地吮吸她的奶子，好像是要她回心轉意，卻更像爲自己寄人籬下而悲鳴。他們何嘗不是兩個同病相憐的人？她忽然原諒了他。

兩天之後，她也去了倫敦，就跟余志希住在同一幢酒店裡。上一次跟蹤別人，是十一歲的時候，那種跟蹤是快樂的。今天的跟蹤，卻是迷惘的。爲甚麼要來呢？她自己也不知道。

那天晚上，她跟蹤余志希和那個空中小姐去唐人街。前面的兩個人，親熱地走著；後面的她，落寞地跟著。她看到那個女人在一個賣花的攤子前面停下來，買了一束紅玫瑰。

周五晚上的唐人街，人頭湧湧，她已經拚命地跟著他們，最後卻失去了他們的蹤影。她像個瘋婦似地四處去找，最後又回到那個賣花的攤子前面。黑夜裡，只有她空茫茫地無處可去。她跟蹤的伎倆，也眞的只是個後備的貨色。

一轉身，她看見余志希和那個女人坐在一家中國餐館裡面。她站在對

面的人行道上，看著餐廳裡的那兩個人。余志希說話的時候，常常溫柔地輕撫那個女人的臉。他對她，卻從來不會這樣。他何曾愛過她呢？

他說沒法愛她的理由是因爲她太完美。這是她永不相信的謊言。所有的完美，不過是相對的。她愛他，他不愛她，這便是相對。不被他愛的她，可憐地完美。被她所愛的他，驕傲地不完美。

她才不要完美。若能被他所愛，千瘡百孔又何妨？可是，他卻說她太完美。

看到那個不完美的他再一次撫摸女人的面頰，她終於捨得走了。在遙遠的香港，還有一個男人永遠守候著她。

她沒有想到，連他也會走。

回去之後，她打了一通電話給鄭逸之。

『陪我吃飯好嗎？』她問。

電話那一頭的他，卻沉默了。

『你沒時間嗎？那算了！』她把電話掛斷。她一向是這樣對他的。

幾天之後，她又找他。

『你不想見我嗎？』她驕傲的問。

『好吧。』他說。

他們在那家義大利餐廳見面。她刻意打扮得漂漂亮亮，她害怕連他也失去。

鄭逸之就坐在她跟前，可是，他的眼睛深處，再沒有從前那份恭敬和渴望。離開餐廳之後，她故意跟他挨得很近，他卻無動於衷。終於來到她的家了。她首先說：

『你要進來嗎？』

『不要了，我明天還要上班。』他說。

剎那間，她方寸大亂，也顧不了尊嚴，就問他：

『你這是甚麼意思？』

『沒有別的意思。』

『我已經離開余志希了。』她說。

他並沒有高興的神情。

她終於問：『你不愛我了嗎？』

沉默了良久，最後，他說：

『那個時間已經過去了。』

『甚麼時間？』她問。

他低下頭，沒有回答。她和他，頃刻間，也是關山之遙了。

午夜裡，她光著身子坐在鋼琴前面，拿起電話筒，接通了夏心桔的Channel A。

『我想用鋼琴彈一支歌。』她說。

『我們的節目沒有這個先例。』夏心桔說。

『我要彈的是Dan Fogelberg的〈Longer〉。』

鄭逸之會聽到嗎？他們在書店裡重逢的那天，書店便是播著這首歌。

他離去的日子愈長，她的思念和懊悔也愈長。他說那個時間已經過去了，說的其實是時限吧？當她首先把生日蛋糕上的蠟燭吹熄，也同時是把他所有的期待熄滅。

十一歲那年的愛，已經永逝不回了。

no. 7

夜已深了，羅曼麗抱著電話機躺在床上，不知道好不好打出這個電話。她和梁正爲分開三年了。今天晚上，她撕心裂肺地想念著他，很想聽聽他的聲音，很想知道他現在的生活。

分手三年後，突然打電話給舊情人，他會怎樣想呢？他會不會已經愛上了另一個女人？她該用甚麼藉口找他？

三年了，那些甜美的回憶穿過多少歲月在她心中飄盪？她翻過身子去，把電話機壓在肚子下面。她很想念他，卻又害怕找他。她爲甚麼要害怕呢？三年前，是她提出分手的。既然是她要走，現在打一通電話給他，並不會難爲情。然而，跟他說些甚麼好呢？

她昨天跟程立橋分手了。她一點也不難過。程立橋是不錯的，可是，拿他跟梁正爲比較，他便有很多缺點。近來有好幾次，當他深入她的身體，她也閉上眼睛不望他。她知道，她已經不愛他了。

但她不想告訴梁正為這些。她不想讓他知道她有一絲的後悔。

她擰開收音機，剛好聽到夏心桔主持的Channel A。一個女人打電話到節目裡問夏心桔：

『假如一個男人和你一起一年零十個月了，他還是不願意公開承認你是他的女朋友，那代表甚麼？』

夏心桔反問她：『你說這代表甚麼？』

女人憂鬱的笑了笑，回答說：

『他不愛我。』

是的，當你不愛一個人，你一點也不想承認他和你的關係。她跟程立橋一起十一個月了，她一開始就不想承認她和他的關係，她知道自己很快便會離開他。有些男人，你說不出他有甚麼不好，可是，你就是沒有辦法愛上他。當時寂寞，他只是一個暫時的抱枕。

Dan Fogelberg的〈Longer〉在空氣中飄盪，她拿起了話筒，撥出梁正

爲的電話號碼。電話那一頭，傳來他的聲音。

『你好嗎？』她戰戰兢兢的問。

『是曼麗嗎？』

他還記得她的聲音。

『沒甚麼，只是問候一下你罷了。』她說。

『你好嗎？』

他充滿關懷的聲音鼓舞了她。

『你甚麼時候有空，我們或許可以吃一頓飯。』她說。

『哪一天都可以。』他說。

『那明天吧。』

掛上電話之後，她從床上跳到地上，把衣櫃裡的衣服全都翻了出來。明天該穿甚麼衣服呢？該穿得性感一點還是不要太刻意呢？三年來，她胖了一點，現在已經來不及減肥了。她站在鏡子前面端詳自己，她比三年前老了一點，但也比三年前會打扮。這些歲月的痕跡，梁正爲不一定看得出來。

明天，她要以最美麗的狀態跟他再見。她要在他心裡喚回美好的回憶。

剛才他的聲音那樣溫柔，也許，他同樣懷念著她，只是他沒勇氣找她罷了。

第二天晚上，她穿了一條性感的大領裙子赴約。梁正爲看來成熟了一點，也變得好看了。

三年不見，他現在有了屬於自己的房子，他的事業也很成功。而她自己，卻沒有多大進步。

她的工作不得意，感情生活更不消提了。

看到梁正爲現在活得這麼好，她有點不甘心。當天爲甚麼要放棄他呢？她太笨了。

『有女朋友嗎？』她微笑著問他。

梁正爲笑笑搖了搖頭。

太好了，他跟她一樣，還是一個人。

『三年沒談戀愛，太難令人相信了。』她說。

『要愛上一個人，一點也不容易。』他說。

她點了點頭：『是的。』

她最明白不過了。

三年前，她二十六歲，他二十九歲。他們同居了四年。她很想和他結婚。可是，每一次當她向他暗示，他總是拖拖拉拉，她終於認真的說：

『我想結婚。』

一次又一次，梁正爲都推搪。

『你是不是不想和我結婚？』她質問他。

『我們都已經住在一起了，跟結婚有甚麼分別？』他說。

『假如你愛我，你是會娶我的。你不夠愛我。』

是的，他不夠愛她，他還不願意爲她割捨自由。

梁正爲解釋說，他還有很多夢想。

她並不認爲婚姻和夢想不可以並存，這不過是藉口。一天，她跟梁正爲說：『不結婚的話，我們分手吧。』她馬上就收拾了行李搬走。她滿懷信心的以爲，爲了把她留在身邊，梁正爲會屈服。可惜，她錯了，他並沒有請求她回去。這一局，她賭輸了。

既然她走了出來，又怎可以厚著臉皮回去呢？三年來，她談過幾段戀愛，百轉千迴，她才知道自己最愛的是梁正爲。他在她心中的回憶，沒有任何一個男人可以取代。從二十二歲到二十六歲這段美好的時光，她和他一起成長。她竟然爲了一時之氣而放棄了他。她一天比一天後悔。她那時候太自私了。假如她愛他，她不應該逼他結婚。

『我可以去參觀你的房子嗎？』她問。

『當然可以。』

梁正爲把她帶回家。羅曼麗以前送給他的一盞小燈，仍舊放在他床

邊。那是他二十七歲生日時，她買給他的。她很喜歡那盞燈。那個波浪形玻璃燈罩下面，是一個金屬的圓形燈座，這個燈座便是開關，隨便按在哪一處，燈便會亮。梁正爲喜歡在跟她做愛的時候把燈亮著。溫柔的光，映照在他和她的臉上，她愛張開眼睛望著他，這樣她會覺得很幸福。

床邊的小燈亮著，他還沒有忘記她吧？

三年了，他們又再一次擁抱和接吻，他深入她的身體。她張開眼睛凝望著他，沉緬在他的溫柔之中。

她希望他重新追求她。她不要再尋覓了。

那天午夜，她爬起床，說：『我回家了。』

『我送妳回去。』

『不用了。』

她瀟灑地離開。她想把這一次甜美的重聚當作一次偶然。也許，梁正爲比她更後悔當天太不珍惜。爲了尊嚴，她不會主動。

第二天，梁正爲約了她下班後在酒吧見面。他沒有提起昨天晚上的事。她失望透了。也許，昨晚在他來說，也只是個偶然。舊夢重溫，只是因爲當時寂寞。

既然梁正爲不再愛她，爲甚麼仍舊把她送的燈放在床邊？也許，他不是不愛她，他只是害怕她又要他結婚。

『那時候我眞是自私。』她說。

『嗯？』他不明白。

『關於結婚的事——』

『我也很自私。』他抱歉地說。

『我現在一點也不想結婚。』

『爲甚麼？』

她笑了：『我已經過了很想結婚的年紀。』

她並沒有說謊。這些年來，她對婚姻已經失去了憧憬。那時她爲甚麼想結婚呢？她要用婚姻來肯定他對她的愛。他愈是反抗，她愈要堅持，甚至不惜決裂。

『假如我們當時結了婚，不知道現在會變成怎樣？』她說。

梁正爲笑笑沒有回答。

她望著他，那些美好的日子千百次重複在她心裡迴盪，她眞蠢！那時爲甚麼要離開他呢？她不會再放手。

以後的每一天，她常常在夜裡跟他通電話，向他訴說工作上的不如意。有一、兩次，她刻意告訴他，有幾個不錯的男人對她有點意思。

有時候，她會在下班之後找梁正爲一起吃飯。他總是樂意陪伴她。他仍然是關心她的。她重溫著和他戀愛的日子。他們現在甚至比從前要好一些。他們可以坦率地交換意見。從前，當他的意見跟她不一樣，當他不肯遷就她，她便會向他發脾氣。

她自恃漂亮，以爲他會永遠俯伏在她跟前。原來是不會的。

今天晚上，他們去看電影。從電影院出來，她的手穿過梁正爲的臂彎，頭幸福地擱在他的肩膀上。

『去你家好嗎？』她問。

『曼麗，我們不能再像從前一樣了。』他鬆開了手說。

『爲甚麼？你不是很愛我的嗎？是我要離開你的。』她驕傲地說。

『我們已經分手了，不再是情侶。』他解釋。

『那你爲甚麼還把我送給你的燈放在床邊？』

『和你一起的日子，的確很美好。』

『那爲甚麼不可以再開始？』

『你會找到一個比我好的男人。』

她用雙手掩著耳朵：『我不要聽！你曾經答應過你會永遠保護我的。』

『我仍然會這樣做。』

她忽然問他：『你是不是在向我報復？』

梁正爲不知道怎樣說才會使她明白。他曾經深深地愛著她。當她提出要結婚時，他也曾經認眞地想過爲她割捨自由。當她離家出走，他卻忽然如釋重負。她說得對，他不想結婚，或許是他不夠愛她吧。

三年了，他和她並沒有一起成長。他偶然會想起她，希望她過得快樂。然而，他對她的愛已經隨著歲月消逝。重聚的那天，他更清楚知道，愛她的感覺已經遠遠一去不回了。她突然再找他，他知道她的日子一定過得不太快樂。他覺得對不起她。假如當天他願意和她結婚，現在也許會不一樣。她是他愛過的女人，他很樂意照顧她，但他不想佔她便宜或者耽誤她的青春。何況，他心裡已經有了另一個女人。

電話的鈴聲響起，是那個女人找他。

『你明天晚上有空嗎？我想去吃義大利菜。』

『義大利菜？好的。』他愉快地說。

『那麼，明天見。』

『明天見。』

『是誰找你？』羅曼麗問。

『朋友罷了。』

『是女孩子嗎？』

『是的。』

『你不是說沒有女朋友的嗎？』她心裡充滿妒忌。

『她的確不是我女朋友。』梁正為憂鬱地笑了笑。

她明白了。剛才他講電話的時候，神情是多麼的溫柔，電話那一頭的女人，一定是個很特別的女人。

回家的路上，她痛苦地責備自己。是她不要他的，她現在又憑甚麼妒忌呢？

她聽梁正為提起過有一家義大利餐廳的水準很不錯，並說改天要帶她去。他和那個女人想必是去那裡吃義大利菜了。她要看看她是甚麼女人。

第二天晚上，她故意約了李思洛、林康悅和楊儀玉幾個舊同學在那家義大利餐廳吃飯。打電話去預留桌子的時候，她已經打聽過了。果然有一位梁先生預留了一張兩個人的桌子。

她穿得漂漂亮亮的出現，假裝意外地碰到梁正為。他和一個年輕的女人在那裡吃飯，女人有一張漂亮的臉。如果這個女人長得不漂亮，她也許

還好過一點。她長得漂亮反而讓她痛苦。她故意走過去他們那張桌子打招呼。

梁正爲尷尬地爲她們介紹。

那個女人的名字很奇怪，叫夏桑菊。

『聽起來像涼茶。』她說。

『是的。』夏桑菊說。

『我是梁正爲以前的女朋友。』她搭著梁正爲的肩膀說。

『能夠跟舊情人做朋友，眞是難得。』夏桑菊的聲音充滿了羨慕。

『是的，我也這樣想。』她說。

她回到自己的桌子，偶然朝他們看看。他們看起來的確不像情人，可是，她討厭看到梁正爲癡情的眼神。他好像一廂情願地愛著那個女人。

第二天，她約了梁正爲下班後在酒吧見面。

『那天是不是嚇了你一跳？』她問。

『也不是。』梁正爲說。

『你是不是很喜歡她？』

梁正為深深嘆了一口氣：『她仍然愛著已經分了手的男朋友。』

『她不愛你？』她故意刺傷他。

沉默了片刻，他說：

『可不可以不要提她？』

『你不想再和我一起，就是為了一個不愛你的女人？』

『你不要再這樣好嗎？你不要再管我！』他有點不耐煩。

『是的，我無權再管你！』她的眼睛濕了。

『你到底明不明白的？』

她笑了：『你現在倒轉過來拒絕我嗎？你不要忘記，是我先不要你的！』

『那你為甚麼又要回來？』

她的眼淚幾乎湧了出來。她沒法回答這個問題，難道要她親口承認後悔嗎？這一點最後的尊嚴，她還是有的。

也許，她根本不應該再找他。假如永遠不再見，她不會後悔得那麼厲害。離開了一個男人，最好也不要再回頭。

夏桑菊有甚麼好呢？他寧願愛著一個不愛他的人，也不願意回到她身邊。不過三年罷了。兩個人一起的時候，他曾經說過會永遠愛她，現在，他卻愛著另一個女人。男人的諾言，還是不要記住的好。記住了，會一輩子也不快樂。

後來有一天晚上，她在梁正爲的公寓外面等他，然後跟蹤他。她沒有任何目的，她只想在他後面跟蹤他。這是她和他告別的方式，她想把他的背影長留心上。然而，奇怪的事情發生了，她發現梁正爲跟蹤著夏桑菊。他爲甚麼跟蹤夏桑菊呢？

梁正爲跟蹤夏桑菊到了一幢公寓外面。夏桑菊走進去，他就站在公寓對面一個隱閉的地方守候。

爲了不讓他發現，她躲在另一個角落。

到了午夜，夏桑菊從公寓裡走出來。她跟幾個鐘頭前進去時的分別很大。幾個鐘頭之前，她打扮得很艷麗。離開的時候，她的上衣穿反了，頭髮有點亂，口紅也沒有塗，臉色有點兒蒼白，她一定是和男人上過床了，說不定就是那個已經分了手的男朋友。她踏著悲哀的步子走在最前頭，梁正爲跟在她身後，而她自己就跟在梁正爲後面。

梁正爲是要護送夏桑菊回家嗎？

她從來不知道她所認識和愛過的梁正爲是一個這麼深情的男人。梁正爲一定不知道，當他跟蹤自己所愛的女人時，也有一個愛他的女人跟蹤他。

她笑了起來，他們三個人不是很可憐也太可悲嗎？

重聚的那天晚上，床邊的燈亮著，當她張開眼睛望著梁正爲的時候，她發現他閉上了眼睛。他和她做愛時，心裡是想著另一個女人的吧？早知道這樣，她寧願把燈關掉。

昏黃的街燈下，梁正爲拖著長長的影子跟蹤著夏桑菊，當夏桑菊回家了，他才悲傷地踏上歸家的路。她默默地跟在他後面。

燈下的背影，愈來愈遠了，告別的時刻，她把心裡那盞爲重聚而亮起的燈也關掉。

no.8

夏桑菊一直覺得自己的名字有點怪。有一種即沖的涼茶就叫『夏桑菊』。她有一個姊姊，名叫夏心桔，她比較喜歡姊姊的名字。她自己的名字，太像清熱降火的涼茶了。然而，從某天開始，她發現『夏桑菊』這個名字原來是她的愛情命運。她是她愛的那個男人的一帖涼茶。

『我可以留在這裡過夜嗎？』夏桑菊輕聲問睡在她身邊的李一愚。

『不行，我今天晚上還有很多工作要做。』李一愚轉過身去看看床邊的鬧鐘，說：『快兩點鐘了，你回去吧。』

『我知道了。』夏桑菊爬到床尾，拾起地上的衣服，坐在床邊穿襪子。

『這麼晚了，你不用送我回去了。』她一邊說一邊回頭偷看李一愚，期望他會說：『我送你回去吧！』

『嗯。』李一愚趴在枕頭上睡覺，頭也沒抬起過。

夏桑菊失望地站起來，拿起放在床邊的皮包，看了看他，說：『我走了。』

在計程車的車廂裡，她剛好聽到姊姊主持的節目。一個二十三歲的女孩打電話到節目裡告訴夏心桔，她男朋友已經五個月沒碰過她了。他是不是不再愛她？她在電話那一頭哭起來，一邊抽泣一邊說：

『我覺得自己像個小怨婦。』

計程車上的女司機搭嘴說：

『五個月也不碰你，當然是不愛你了。』

『男人肯碰你，你也不能確定他到底愛不愛你。』夏桑菊說。

計程車在夜街上飛馳，小怨婦的抽泣聲在車廂裡迴盪。一年前，她認識了李一愚。他是她朋友的朋友。他們在酒吧裡見過一次，他很健談，說話很風趣。

後來有一天，她又在酒吧裡碰到他，李一愚喝了點酒，主動走過來叫她：

『夏枯草！』

她更正他說：『不是夏枯草，是夏桑菊。』

他尷尬地笑了笑，說：『對不起。』

『沒關係，反正夏桑菊和夏枯草都是涼茶。』

他們的故事，也是從涼茶開始。

他愛她愛得瘋了。相戀的頭兩個月，他們在床上的時間比踏在地上的時間還要多。

那個時候，每次做愛之後，李一愚愛纏著她，要她在他家裡過夜。

那天晚上，她指著床邊的鬧鐘說：

『快兩點鐘了，我要回家了。』

李一愚轉過身去，把鬧鐘收進抽屜裡，不讓她走。

『我希望明天早上張開眼睛，第一個看到的人便是你。』他說。

她留下來了。

有一天晚上，她不得不回家，因爲明天早上要上班，她沒有帶上班的衣服來，凌晨三點鐘，李一愚睜著惺忪的睡眼送她回家。

一起六個月後，一切都改變了。

一天，李一愚告訴她，他對她已經沒有那種感覺。在這一天之前，他還跟她做愛。他怎麼可以這樣對她？

『小姐，到了。』計程車停下來，女司機提醒她下車。

夏桑菊付了車費，從車廂走下來。

她肚子很餓，跑到便利商店裡買了一個牛肉杯麵，就在店裡狼吞虎嚥的吃起來。

今天晚上去找李一愚的時候，她本來想叫他陪她吃飯，他說不想出去，她只好餓著肚子去找他，一直餓到現在。

午夜裡一個暖的杯麵，竟比舊情人的臉孔溫暖。

分手之後，她一直沒辦法忘記他。歸根究柢，是她不夠努力；不夠努

力去忘記他。

一個孤單的晚上，她借著一點酒意打電話給他。

她問他：『我來找你好嗎？』

也許李一愚當時寂寞吧，他沒有拒絕。

她滿懷高興地飛奔到他家裡，飛奔到他床上和他睡。

他並沒有其他女人。

令她傷心的，正是因爲他沒有其他女人。他寧願一個人，也不願意繼續跟她一起。

她以爲只要可以令李一愚重新愛上她的身體，便可以令他重新愛上她。

然而，那天晚上，當她依偎在他的臂彎裡，慶幸自己終於可以再回到他身邊的時候，李一愚輕輕的抽出自己的手臂，對她說：

『很晚了，你回家吧。』

在他的生活裡，她已經變成一個陌生人了。跟男人做愛之後要自己回家的女人，是最委屈，最沒地位的了。

可是，她愛他。每一次，都是她主動到李一愚家裡和他睡。然後，身上帶著他殘餘的味道離開。那殘餘的他的味道，便是安慰獎。

她是一個小怨婦。

他和她睡，應該還是有點愛她的吧？她是這樣想的。這樣想的時候，她快樂多了。離開便利商店之前，她買了一罐汽水，一路上骨嘟骨嘟的喝起來。

回家之後，她坐在沙發上吃了一大杯冰淇淋。她好像是要用吃來折磨一下自己。

『你還沒睡嗎？』夏心桔回來了。

『我剛才在計程車上聽到那小怨婦的故事。』夏桑菊說。

『是的，可憐的小怨婦。這麼晚了，你還吃冰淇淋？不怕胖嗎？』

『我剛剛從李一愚那裡回來。』

『你們不是已經分手了嗎？』

『是的。』她無奈地說。

夏桑菊走進浴室裡洗澡，夏心桔站在洗臉盆前面刷牙。

『早陣子有一個女人來這裡找她的舊情人。』夏心桔說。

『爲甚麼會來這裡找？』

『那個人十五年前住在這裡。』

『十五年？有人會找十五年前的舊情人的嗎？那她找到沒有？』夏桑菊一邊在身上塗肥皀一邊問。

『她找到了，而且，她的舊情人並沒有忘記她。』夏心桔一邊刷牙一邊說。

在蓮蓬頭下面洗澡的夏桑菊，聽不清楚夏心桔最後的一句說話，也沒有追問下去。她並不關心那個女人能不能找到十五年前的舊情人。她希望她找不到。她討厭所有美麗的愛情故事。她不再相信愛情。

『你還有跟梁正爲約會嗎？』夏心桔一邊脫衣服一邊問夏桑菊。

『非常寂寞，又找不到人陪我的時候，我會找他，而這些日子，一個星期總會有兩天。』夏桑菊圍著毛巾從浴缸走出來，站在洗臉盆前面刷牙。

夏心桔站在浴缸裡洗澡。她一邊拉上浴簾一邊問夏桑菊：

『他有機會嗎？』

『我不愛他。我也想愛上他，他對我很好。』

『就是呀，女人都需要一些誓死效忠的追隨者。』夏心桔一邊擦背一邊說。

『是的，但她會時刻提醒自己絕對不能對這些誓死效忠的追隨者心軟。』夏桑菊一邊刷牙一邊說。

『你說甚麼？』浴缸裡的夏心桔聽不清楚。

『沒甚麼。』夏桑菊用毛巾把臉抹乾淨，然後在身上擦上香水。李一愚留在她身上的氣味已經消失了，只能放在回憶裡。

這天晚上，她很寂寞，所以，她跟她的誓死追隨者梁正爲去吃義大利菜。

『你今天很漂亮。』梁正爲說。

『我眞的漂亮嗎？』

『嗯。』

『哪個地方最漂亮？不要說是我的內心，我會恨你一輩子的。』她笑笑說。

『你的眼睛和嘴巴也漂亮。』

『你覺得我的嘴巴很漂亮嗎？』

『是的。』

『是不是男人一看見就想跟我接吻的一種嘴巴？』

『大概是的。』

『那麼我的身材好嗎？』

梁正爲微笑著，反問她：『你想知道嗎？』

『嗯。』

『不是十分好，但已經很好。』

『是不是很性感？』
『是的。』
她凝望著梁正爲，淒然問他：
『是不是男人都只想和我上床，不想愛我？』
『別胡說了。』
『我是個可愛的女人嗎？』
『是的，你很可愛。』
『謝謝你。』她笑了起來。
誓死效忠的追隨者就有這個好處。當一個女人需要自信心的時候，她可以在他那裡找到。當她失去尊嚴的時候，她也可以在他那裡拿得到。被一個男人虧待的時候，她需要另一個男人把她捧到天上，作爲一種補償。
『這個星期天，你有空嗎？你說過想學滑水，我問朋友借了一艘船，我們可以出海。』梁正爲問她。

『不行，這個星期天不行。』她說。

『沒關係。』他失望地說。

這個星期天，她約了李一愚。他叫她晚上八點鐘到他家。

她八點鐘就來到，李一愚還沒有回家。他家裡的鑰匙，她在分手的那一天就還給他了。她只好站在門外等他。

十一點鐘，他還沒有回來。她不敢打電話給他，怕他會叫她回家。

十一點四十五分的時候，李一愚回來了。看到她坐在門外，他有點愕然，他忘記約了她。

『你回來了。』她站起來乏力地用手撐著門說。

李一愚摟著她進屋裡去。

纏綿的時候，她問他：

『你是不是不愛我了？』

他脆在她胯下，溫柔地替她撥開黏在嘴角上的髮絲，說：『我想你幸福。』

『我的幸福就是跟你一起。』她抓住他的胳膊說。
他用舌頭久久地給她快樂。
她早就知道，他還是愛她的。
凌晨兩點鐘，他說：『要我送你回家嗎？』
『你不想我留在這裡嗎？』她幾乎要嗚咽。
『聽話吧，你明天還要上班。』他哄她。
她不想他討厭自己，而且，他也是爲她好的。她爬起來，坐在床邊穿襪子。
『我自己回去就可以了，你明天還要上班，你睡吧。』她趴在他身上，抱了他一會。
回到家裡，她鑽進夏心桔的被窩裡。
『你幹嗎跑到我的床上來？』夏心桔問。
『今天晚上，我不想一個人睡。』她摟著夏心桔，告訴她：『他說，他想我幸福，你相信嗎？』

夏心桔並沒有回答她。她好像在跟自己說話。

她向著天花板微笑，她是相信的。她帶著他的味道，努力地、甜蜜地睡著。矇矓之中，她聽到夏心桔轉過身來，問她：

『他會不會是一時的良心發現？』

過了兩天，她打電話給李一愚，問他：『我們今天晚上可以見面嗎？』

『嗯。』電話那一頭的他，語氣很平淡。

『我們去吃義大利菜好嗎？』

『不行，我約了朋友吃飯。』

『喔，好吧，那我十點半鐘來你家，到時見。』

她滿肚子的委屈。她討厭每一次和他見面也只是上床。

她十一點三十分才來到他家裡。她是故意遲到的。她用遲到來挽回一點點的自尊。她享受著他的愛撫，等待他真心的懺悔，可是，他甚麼也沒有說。

做愛之後，她爬起來去洗澡。她在浴室裡，跟躺在床上的李一愚說：

『今天晚上，我想留下來。』

『不行。』

『我不想一個人回家。』她堅持。

『那我送你回去。』

『我明天才走可以嗎？』

『你回家吧。』

她氣沖沖的從浴室裡走出來，問他：『你爲甚麼一定要我走？』

『我想一個人靜一靜——』李一愚爬起床，走進浴室，關起門小便。

她衝進浴室裡，看著他小便。

『你進來幹嗎？』他連忙抽起褲子，好像覺得隱私被侵犯了。

『我又不是沒見過你小便。』她偏要站在那裡看著他。

『夠了夠了，我們根本不可能像從前一樣。』他走出浴室。

『那你爲甚麼還要和我睡？』她嗚咽著問他。

『是你自己要來的。』

她一時答不上。是的，是她自己要來的，李一愚並沒有邀請她來。

夏心桔說得對，那天晚上，他只是一時的良心發現，才會說出那種話。她是那麼愛他，那麼可憐，主動來滿足他的性欲。他良心發現，但他早就已經不愛她了，不能容忍她任何的要求。

她，夏桑菊，名副其實是一帖涼茶，定期來爲這個男人清熱降火。

李一愚的公寓對面，有一幢小酒店。從他家裡出來，她在酒店裡租了一個房間。她說過今天晚上不想一個人回家，她是眞心的。

她要了一個可以看到他家裡的房間。她站在窗前，看到他家裡的燈已經關掉。他一定睡得很甜吧？他心裡沒有牽掛任何人。

她打電話給梁正爲，告訴他，她在酒店裡。

她坐在窗前，梁正爲蹲在她跟前，問她：

『有甚麼事嗎？』

『沒有。』她微笑著說。

她癡癡地望著李一愚那扇漆黑的窗子。

『李一愚就住在對面，是嗎？』梁正爲問她。

『你怎會知道？』

『我跟蹤過你好幾次。』

她嚇了一跳，罵他：『你竟然跟蹤別人？你眞是缺德！』

『他每次都讓你三更半夜一個人回家。』

『關你甚麼事！你爲甚麼跟蹤我？』

『我也不知道爲甚麼。也許，我想陪你回家吧。』

梁正爲頹然坐在地上。

她深深地吸了一口氣，望著這個坐在她跟前的男人，悲傷地說：『我眞的希望我能夠愛上你。』

『不，永遠不要委屈你自己。』梁正爲微笑著說。

那一刻，她不禁流下淚來，不過是咫尺之隔，竟是天國與地獄。對面的那個男人，讓她受盡委屈；她跟前的這個男人，卻是這麼愛她，捨不得

讓她受半點委屈。多少個夜晚，他默默地走在她身後，陪她回家。

她抱著他的頭，用來溫暖她的心。

房間裡的收音機，正播放著夏心桔主持的晚間節目。

『今晚最後一支歌，是送給我妹妹的。幾天前，她突然走到我的床上睡，說是不想一個人睡。她這個人，稀奇古怪的，我希望她知道自己在做甚麼。我想她永遠幸福。』

在姊姊送她情歌的時候，夏桑菊在椅子上睡著了。

當她醒來，梁正爲坐在地上，拉著她的手。

『你回去吧。』她跟他說。

『不，我在這裡陪你，我不放心。』

『我想一個人留在這裡，求求你。』

『那好吧。』他無可奈何地答應。

『眞的不用我陪你？』臨走之前，梁正爲再問她一次。

『求求你，你走吧。』她幾乎是哀求他。

梁正爲沮喪地離開那個房間。

看到梁正爲的背影時，她忽然看到了自己。當你不愛一個人的時候，你的確不想他在你身邊逗留片刻。你最迫切的願望，就是請他走。即使很快就是明天，你也不想讓他留到明天。

她把身上的衣服脫下來，站在蓮蓬頭下面，用水把自己從頭到腳徹底地洗乾淨。直到李一愚殘留在她身上的味道已經從水槽流到大海裡去了，從她身上永遠消逝了，她穿起浴袍，坐在窗前，一直等到日出。今天的天空很漂亮，是蔚藍色的。她已經很久沒有抬頭看過天空了。她把雙腳貼在冰涼的落地玻璃窗上。她現在感覺身體涼快多了。也許，當一個人願意承認愛情已經消逝，她便會清醒過來。她名叫夏桑菊，並不是甚麼涼茶。

將近八點鐘的時候，她看到李一愚從公寓裡出來，準備上班去。他忽然抬頭向酒店這邊望過來，他沒有看到她，她面前的這一面玻璃窗，是反光的；只有她可以看到他。李一愚現在就在她腳下。他和她，應該是很近，很近的了；她卻覺得，她和他，已經遠了，很遠了。

no.9

梁正爲接到警察局打來的電話，通知他去保釋他爸爸梁景湖。

『他到底犯了甚麼事？』他問警員。

電話那一頭，警員只是說：『你儘快來吧。』

在一所中學裡當教師，還有一年便退休的爸爸，一向奉公守法，他會犯些甚麼事呢？梁正爲眞的摸不著頭腦。

梁正爲匆匆來到警察局，跟當值的警員說：

『我是梁景湖的兒子，我是來保釋他的。』

那名年輕的警員瞟了瞟他，木無表情的說：『你等一下吧。』

大概過了幾分鐘，另一名警員來到當值室。

『你就是梁景湖的兒子嗎？』這名方形臉的警員問他。

『是的。』

警員上下打量了他一下，說：

『請跟我來。』

他們穿過陰暗的走廊，來到其中一個房間，方形臉警員對梁正為說：

『你爸爸就在裡面。』

梁正為走進去，被眼前的人嚇了一跳。他看到他那個矮矮胖胖的爸爸穿著一襲鮮紅色的碎花圖案裙子，腰間的贅肉把其中兩顆鈕釦迫開了。刮了腳毛的腿上，穿了一雙肉色的絲襪，腳上穿著黑色高跟鞋。大腿上放著一個黑色的女裝皮包。他戴著一頂黑色的長假髮，臉上很仔細的化了妝，雙頰塗得很紅，唇膏是令人噁心的茄醬紅色。

這個眞的是他爸爸嗎？

『巡警發現他穿了女人的衣服在街上遊蕩。』警員說。

梁景湖看到了兒子，頭垂得很低很低，甚麼也沒說。

從警察局出來，梁正為走在前頭，梁景湖一拐一拐的走在後面。剛才給巡警抓到的時候，他本來想逃走，腳一軟，跌了一跤，走起路來一拐一拐的。

兩父子站在警察局外面等車，梁正爲沒有望過他爸爸一眼。這是他一輩子感到最羞恥的一天。

梁景湖一向是個道貌岸然的慈父，他從來沒見過今天晚上的爸爸。他爸爸到底是甚麼時候有這個癖好的呢？他騙了家人多久？兩年前死去的媽媽知道了這件事，一定很傷心。

梁正爲愈想愈氣，計程車停在他們面前，他一頭栽進車廂裡。梁景湖垂頭喪氣地跟著兒子上車。父子兩人各自靠著一邊的車門，梁正爲憤怒的望著窗外，梁景湖垂頭望著自己的膝蓋。

從警察局回家的路並不遠，但這段短短的路程在這一刻卻變得無邊漫長。車上的收音機正播放著夏心桔主持的 Channel A。一個姓紀的女人打電話到節目裡，問夏心桔：

『你覺得思念是甜還是苦的？』

夏心桔說：『應該是甜的吧？因爲有一個人可以讓你思念。』

電話那一頭的女人嘆了一口氣，憂鬱地說：

『我認爲是苦的。因爲我思念的那個人永遠不會再回來了。他是我男朋友，他死了。』

空氣裡寂然無聲。假髮的劉海垂在梁景湖的眼瞼上，弄得他的眼睛很癢，他用兩隻手指頭去揉眼睛，手指頭也濕了，不知道是淚還是汗。

『思念當然是苦的。』梁正爲心裡想。那個他思念的女人，正苦苦思念著另外一個男人。

回到家裡，梁景湖躲在自己的房間裡沒有出來。從午夜到凌晨，裡面一點聲音也沒有。

梁正爲躺在自己的床上，房間裡有一張照片，是他大學畢業時跟爸爸、媽媽和妹妹在校園裡拍的。比他矮小的爸爸，手搭在他的肩膀上，仁慈地微笑。從很小的時候開始，爸爸就教他怎樣做一個男人。爸爸教他砌模型，陪他踢足球。他從來沒想過爸爸也有不做男人的時候。對他來說，今天看到的一切，好像都不是眞的。是夢吧？

他拿起電話筒，撥出夏桑菊的電話號碼。

『是我，你還沒睡嗎？』

『還沒有。早陣子有個女人來我們家裡找她十五年前的舊情人，那個男孩子以前是住在這裡的。』

『那她找到了沒有？』

『不知道呀！即使她找到那個人，那個人也不一定仍然愛著她。女人爲甚麼要去找十五年前的舊情人呢？』

『也許她現在很幸福吧。』

『幸福？』

『因爲幸福，所以想看看自己以前的男人現在變成怎樣。』

『那我希望有一天我會變得很幸福，然後去找那個從前拋棄了我的男人。可是，如果他已經不愛我了，我的幸福對他又有甚麼意義？算了吧。』夏桑菊苦澀地說。

梁正爲沉默了好長一段時間。

『你有甚麼事嗎？』她問。

『喔，沒甚麼。』

太多事情，是他無法啓齒的，譬如他爸爸今天扮成女人的事，譬如他對夏桑菊的思念。她爲甚麼只肯讓那個李一愚佔據著她心裡的位置？今天晚上，他跟蹤她去到李一愚家裡。她刻意裝扮得妖妖媚媚的從家裡出來，登上計程車，去到李一愚那裡。他們已經分手了，但她還是愚蠢得去找他上床。而他自己，也愚蠢地守候在公寓外面，等著自己喜歡的女人和另一個男人睡。他知道李一愚不會讓她留下，這麼晚了，他不放心她一個人回去。他已經不是第一次這樣做了。今天晚上，若不是警察局找他去保釋他爸爸，他會留在那裡守候她。

『沒有甚麼特別事情的話，我想睡了。』夏桑菊說。

『好的。』他始終沒有勇氣把心裡的話說出來。

他忽然覺得自己沒資格愛上任何人，他是一個變態的男人生下來的。

第二天早上，當他醒來的時候，爸爸已經出去了，餐桌上，留下了他

爲兒子準備的早餐。梁景湖平常是不會這麼早出門上班的，今天也許是刻意避開兒子。一年多前，爲了方便上班，梁正爲自己買了房子，從那以後，他只是偶然回來這裡吃飯或過夜。現在，他一點也不想吃面前這份早餐，他只感到噁心。

在醫院當護士的妹妹梁舒盈這個時候下班回來了。

『哥哥，你昨天沒回去嗎？爸爸呢？』她一邊脫鞋子一邊問。

『你知道昨天晚上發生甚麼事嗎？』

『甚麼事？』她坐下來，拿了半份三明治，一邊吃一邊說：『昨天晚上累死了，我們的病房來了很多病人。』

『爸爸昨天扮成女人在街上遊蕩，被巡警抓住了。我去警察局把他保釋出來。』

梁舒盈呆住了，不敢相信自己耳朵聽到的事情。

『你來！』梁正爲拉著她進去爸爸的房間。

他打開衣櫃尋找梁景湖昨天扮女人時所穿的衣服。

『你這樣搜查爸爸的東西好像不太好吧？』梁舒盈站在一旁說。

『找到了！』他在抽屜裡找到了梁景湖昨天穿的那一條紅色裙子，抽屜裡還有一個假髮、化妝品和絲襪。

『他昨天就是穿這條裙子出去的！』梁正爲說。

梁舒盈拿起那條裙子看了看，說：『這條裙子是媽媽的。』

『爸爸爲甚麼會變成這樣？』她苦惱地說。

『誰知道！』梁正爲氣憤地說。

『他會不會是跟人打賭？打賭他敢不敢穿女人的衣服外出。』

『他像會跟人打賭嗎？』

『那會不會是因爲爸爸還有一年便退休了，所以心情很沮喪，才會做出一些反常的事？自從媽媽死了，他很寂寞。』梁舒盈一邊收拾衣櫃一邊說。

『你有跟他談過嗎？』她問。

『算了吧，我要去上班。』

上班的路上，梁正爲猛然醒覺，這一年來，他把所有心思都放在夏桑菊那裡，根本沒有怎麼關心爸爸。跟羅曼麗分手之後，他搬回家裡住了一段時間，自己買了房子之後，又再搬出去。自從離家獨居之後，兩父子見面的次數少了，即使見到面，也沒有談心事。

媽媽死後，爸爸變得沉默了。爸爸和媽媽的感情很好。從前，爸爸每天都先送媽媽上班，然後自己才上班。媽媽有密室恐懼症，很怕困在狹小的空間裡。她害怕坐電梯，也害怕擠滿人的車廂。無論到哪裡，爸爸總是陪著她。

他有一對信守婚姻盟誓的父母，他自己卻偏偏害怕結婚。三年前，羅曼麗就是因爲他不肯結婚而和他分手的。或者，他也遺傳了他媽媽的密室恐懼症吧。他害怕的不是電梯和狹隘的車廂，而是兩個人的婚姻。

分手三年之後，一天，他接到羅曼麗打來的電話。重聚的那天晚上，他不知怎地跟她上了床。雖然伏在她身上，吻的是她的唇，揉的是她的乳房，他心裡想著的卻是夏桑菊。他閉上眼睛，叫自己不要想著夏桑菊，愈是這樣，心裡愈是偏偏想著她。

那天晚上的經驗一點也不愉快，羅曼麗雖然看不出來，他自己卻覺得難過。他不是曾經深深地愛著這個女人的嗎？時光流逝，那份愛已經不回來了。她的身體，只是讓他用來思念另一個女人。

下午，他接到梁舒盈打來的電話。

『我有一位當心理醫生的朋友，我跟她說好了，你明天下午帶爸爸去見她好嗎？爸爸也許需要幫助。』梁舒盈說。

『我？』梁正為壓根兒就不想去，他沒法面對這種事。

『我明天要當值，走不開。』

『不可以更改時間嗎？』他想找藉口推搪。

『爸爸最疼你，你陪他去吧。事情沒甚麼大不了。』

『沒甚麼大不了？』他不明白梁舒盈為甚麼可以這麼輕鬆。

『只要還生存著，甚麼都可以解決；死了的話，甚麼也做不到。』多少年來，梁舒盈在醫院裡見慣了死亡和痛苦，和那一切相比，就不用太悲

觀了。

梁正爲沒法推搪，只好陪梁景湖去醫院一趟。那位心理醫生名叫周曼芊，個子高高的，有一雙洞察別人心事的眼睛。整整四十五分鐘，梁景湖一句話也沒有說。他明顯地採取不合作態度。周曼芊也拿他沒辦法，只好說：

『我們下星期再見吧。』

『不用了，我不是病人！』梁景湖站起來，激動地說。

『你可不可以合作一下？』梁正爲忍不住高聲說。

『我不是你心中的怪物！』梁景湖用震顫的嗓音說。他望了望兒子一眼，頭也不回地衝了出去。

那天之後，梁正爲回家的次數更少了。

這天晚上，他又去跟蹤夏桑菊。假如說他爸爸有易服癖，那麼，他自己也許有跟蹤癖。他好端端一個男人，有大好前途，有一個想和他復合的舊女朋友，他卻偏偏去跟蹤一個不愛他的女人。自從爸爸那件事發生之後，他跟蹤夏桑菊比以前頻密了，或者，這是逃避內心痛苦的一種方法吧。

這天晚上，夏桑菊打扮得很漂亮，她八點鐘就進去李一愚住的公寓；然而，到了十一點四十五分，李一愚才從外面回來。她一定等了很久。凌晨三點十分，像這幾個月來的每一次一樣，她一個人踏著悲哀的步子離開。她走在前面，他悄悄的跟在後面。街燈下，她的背影愈來愈長，愈來愈惆悵。她到底甚麼時候才會醒覺呢？他自己又甚麼時候才會醒覺？

後來有一天中午，梁舒盈來公司找他。

『有時間出去吃午飯嗎？』她問。

梁舒盈帶他去了一家他從未去過的咖啡室，那是在一家很大的時裝店裡面的。坐在咖啡室裡，看出去的全是當季流行的女服。

『這裡的衣服很漂亮，可惜太昂貴了。』梁舒盈說。

梁正爲笑了笑：『你眞會選地方，我現在看到女裝都會害怕。』

『爸爸自己去見過周小姐。』

『周小姐？』他記不起是誰。

『那位心理醫生。你知道爸爸爲甚麼會穿著女裝出去嗎？』

『爲甚麼？』

梁舒盈望了望梁正爲，眼睛忽然紅了。

『到底爲甚麼？』梁正爲問。

『他太思念媽媽，才會穿著死去的媽媽的衣服和鞋子，揹著媽媽以前最喜歡的皮包出去。他被巡警抓到的時候，是在媽媽以前工作的地方附近，那條路，他陪媽媽走了許多年了。你記不記得他以前每天也送媽媽上班？我們的爸爸並不是怪物，他只是個可憐的老男人。他一直也沒辦法忘記媽媽。穿了媽媽的衣服外出，就好像和媽媽一起出去，那便可以重溫往日那些美好的歲月。』她說著說著流下了眼淚。

梁正爲聽著聽著，眼睛也是潮濕的。他怎麼能夠原諒自己對爸爸的無情呢？他有甚麼資格看不起他爸爸？他根本無法體會一個男人對亡妻的深情。

這是一頓痛苦的午飯，他心裡悲傷如割。他應該去向爸爸道歉，可是，他沒臉去見爸爸。晚上，他坐在自己的家裡，想起那天把爸爸從警察局保釋出來的時候，在計程車上聽到Channel A，那個姓紀的女人說，思念是苦的，因爲她思念的那個人已經死了，不會再回來。爸爸當時也聽到吧？

思念的確是苦的，假如你思念的那個人永遠不會愛上你。

午夜時分，他接到夏桑菊打來的電話，她告訴他，她在酒店裡。她的聲音聽起來好像哭過。那家酒店就在李一愚住的公寓對面，她一定是從李一愚家裡走出來的。

梁正爲來到酒店房間，看到了夏桑菊。

『我眞的希望我能夠愛上你。』她傷心地說。

『不，永遠不要勉強你自己。』他微笑著說。

她流下了眼淚，抱著他的頭，在椅子上睡著了。醒來的時候，她把他趕走。

思念是苦的，假如你思念的那個人永遠不會覺悟。

離開酒店，已是凌晨五點多鐘了。他回到爸爸的家裡。他小心翼翼的掏出鑰匙開門，怕吵醒爸爸。

梁景湖已經醒了，他從睡房探頭出來，看見了兒子。

『你回來了？』梁景湖微笑著說。

『是的，你還沒睡嗎？』從警察局回來之後，他還是頭一次這麼溫柔地跟爸爸說話。

『昨天睡得不太好。』

『等一會我們可以出去喝早茶，怎麼樣？』他提議。

『好的！』梁景湖臉上流露安慰的神情。

『你先睡一會吧，我去洗個澡。』梁景湖說。

梁景湖進去浴室之後，梁正爲在梁景湖的床上躺了下來。這是爸爸和媽媽以前睡的床，他小時候也曾經跟爸爸媽媽睡在一塊。媽媽已經不在了，但她是個幸福的女人，她有一個那麼愛她的丈夫。這個男人對她的愛比她的生命長久。

梁正爲翻過身去，趴在床上，回憶著那些和父母同睡的美好日子，忽然之間，他的心頭變得溫暖了，不再孤單了。

他沒有再去跟蹤夏桑菊。他是愛她的，但也是撤退的時候了。思念是美麗的。他死去的媽媽，會思念著他爸爸。那個姓紀的女人的男朋友，也會思念著他在世上的妻子。然而，他所思念的女人，雖然是活生生的，卻不會思念他。從他離開酒店的那一刻開始，他對她的感覺已經遠遠一去不回了。

爸爸的裙子，把他釋放了。

no.10

行人熙來攘往的馬路上，懸掛著一個巨型的廣告招牌。招牌上寫著一行字：

那年的夢想

湛藍的夜空，椰樹的影子與一輪銀月構成了一幅讓人神往的風景。這是南太平洋斐濟群島的旅遊廣告。

范玫因站在人行道上，仰著頭，出神地望著廣告招牌。不知道過了多少時候，她發現她身邊站著一個男人，同樣出神地看著這幅廣告招牌。他也看到了她。多少年不見了？她沒想到會在這裡再碰到邱清智。

范玫因跟邱清智點了點頭，兩個人相視微笑。

『那年的夢想——』她喃喃道。

『你的夢想是要成爲作家。』邱清智說。

她笑了：『我記得你說你要成爲飛機師，在天空飛翔，把這個世界的距離縮小。』

邱清智尷尬地笑了笑：『我沒有成爲飛機師，我只是個在控制塔上控制飛機升降的人。』

『我卻把世界的距離縮小了。』

『嗯？』

『我在網站工作。』

『喔，是嗎？』

『你到過斐濟嗎？』她問。

邱清智搖了搖頭。

『斐濟眞的有這麼漂亮嗎？』她憧憬著。

『那時我們想過要去很多地方，卻從來沒有想過斐濟。你老是想去歐洲。』

『有哪個女大學生沒有夢想過揹著行囊遊歐洲呢？』

『結果我們眞的去了歐洲。』

『而且在義大利的羅馬吵架、分手。』

『你一個人跑回香港。』

『我們那天爲甚麼會吵架？』

『你都忘記了，我又怎會記得？反正那個時候，我們甚麼也可以吵。』

范玫因笑了笑：『那時不知多麼後悔跑了回來。我只遊了半個歐洲，

直到現在，也還沒有機會再遊當年剩下的那一半。』

『你一個人跑掉了，我也好不了多少。』

『你結婚了嗎？』

『沒有。你呢？』

『那時我們一定也夢想過結婚。』

『我們有嗎？』

『我們一定是夢想過結婚，所以到現在還沒有結婚。我們兩個，都是

沒法令夢想成眞的人。』自嘲的語調。

『喔，是的。』

她望了望邱清智。他們爲甚麼會在這樣的蒼穹下重逢呢？『那年的夢想』是對這段初戀的諷刺，還是一次召喚？不管多少年沒見，他依舊是那麼熟悉和溫暖。他是她談得最多夢想的一個人。

『前面有一家Starbucks，去喝杯咖啡好嗎？』邱清智說。

『你知道我從來不喝咖啡的。』她噘起嘴巴。

邱清智沒好氣的望著她。

『我要喝野莓味的Frappuccino。』她說。

『就知道你一點也沒改變，還是喜歡作弄人。』他說。

他們走進Starbucks，找到一個貼窗的座位。

『我們當年拍拖的時候，爲甚麼沒有這種好地方呢？那時只有快餐店。』范玫因微笑著說。

『誰叫你早出生了幾年。』

『我還沒到三十歲呀！』

『我知道。』

『你記得我是哪一天生日的嗎？』

『當然記得，你是——』

『不要說出來——』她制止他，『免得你記錯了，我會失望。』

『我沒記錯。』

『你的記性一向不好。我倒記得你的生日，你是十月十五號。』

邱清智微笑不語。

『你在哪個網站工作？』他問。

『我們公司有好幾個網頁，你有沒有上過一個叫 missedperson.com 的？』

『是尋人的嗎？』

『嗯！只要把你想要尋找的人的資料放上去，其他網友便可以幫忙去尋找。』

『通常是找些甚麼人呢？』

『甚麼都有，譬如是失去音信的舊情人、出走的太太、不辭而別的男朋友、某天擦身而過的陌生人，還有舊同學、舊朋友。最近有一個很特別的，是一個彌留之際的魔術師想要尋找一個與他在三十多年前一場表演中有過一面之緣的女觀眾。他思念她三十多年了。』

『那麼，他找到沒有？』

『還沒找到之前，他已經過世了。你有沒有想念的人要尋找？』

邱清智聳聳肩膀。

『那樣比較幸福。』范玫因說。

『你還有彈吉他嗎？』她問。

『沒有了。』

『你一定想不到，我有一陣子學過長笛呢！』

『爲甚麼會跑去學長笛？』

她呷了一口 **Frappuccino**，說：『改天再告訴你。』

『你現在是一個人嗎？』

她苦笑：『我看來不像一個被男人愛著的女人嗎？』

『現在不像。』

『是的，我一個人。你也是吧？』

『給你看出來了！』

『今天是周末晚上呢！我和你，要不是人家的第三者，便是一個人。』

『你怎會寂寞呢？你一向有很多追求者。』

『就是報應呀！』她說，『你記不記得當年你有個室友叫邵重俠的？』

『記得。我們不同系的。畢業後已經沒聯絡了。你認識他嗎？』

『我在舊同學的聚會上碰到他。那天晚上你沒有來。』

『我不愛懷舊。』

『包括舊情人？』

邱清智靦腆地笑了。

『你還記得我們給他撞破好事的那天多麼狼狽嗎？』

『這麼難堪，怎會忘記呢？那天晚上，他說好了不會回來過夜的。』

『於是，我們在房間裡親熱。』范玫因接著說。

『誰知道他哭哭啼啼的跑回來。』

『他失戀了。』

『我只好把你藏在被窩裡。』

『半夜裡，你卻睡著了！我怎麼推也推不醒你。你怎麼可能睡著的呢？』

『對不起！我當時想等他睡著，結果自己睡著了。』

『但是我們還沒有做完呀！你怎可以睡著！』

『也許我太累了！做那回事的時候，男人付出的體力比女人大很多呢！而且——』

『而且甚麼？』

『而且你比較懶惰，喜歡躺著，甚麼也不做。』

『像我這麼標緻的女人，當然用不著爬高爬低那麼主動啦！』她笑著

笑著忽然有點難過。她不是爬上邵重俠的床上請求他抱她嗎？

『你有沒有喝過嬰兒香檳？』她問。

『給嬰兒喝的嗎？』

『當然不是，只是分量特別少。』

『好喝嗎？』

『難喝死了。』

『你常喝嗎？』

『睡不著的時候喝。都是你不好！』

『跟我有關的嗎？』

『如果當年你沒有跟我吵架，我們沒有分手。也許，我們現在已經結婚了，我會是一個很幸福和無知的小婦人。』

邱清智有點不服氣：『嫁給我又怎會變成無知呢？況且，是你先跟我吵架的。』

『那也是你不對！你不記得自己說過甚麼嗎？』

『我說過甚麼？』

『你說，只要我不喜歡，你便是錯的。』

『這簡直不是人說的話！我有這麼說過嗎？』

『就是呀！我們第一次吵架的時候，你是這樣說的。那時候，更不像人說的話，你也會說。』

『好吧！我該爲你一輩子的失眠負責。』

『這才是人說的話。』范玫因得意洋洋的說，然後，她又說：『過兩天是你的生日，我請你吃飯，賞臉嗎？我知道有一家義大利餐廳很不錯。』

『只要你喜歡，我怎麼敢不賞臉？』

『有甚麼生日願望？』

邱清智望著窗外那個巨型的廣告招牌，神往地說：『眞想去斐濟。』

『在那裡，眞的可以尋回夢想嗎？』

范玫因用手支著頭，望著邱清智。那年的夢想，已經是天涯之遙，就像香港跟斐濟的距離。眼前人，卻是咫尺之近，難道他才是她的夢想？千迴百轉，他們又重聚了。

邱清智生日的那天，她預先訂了一個蛋糕。吃完了主菜，她問他：

『你知道那個蛋糕是怎樣的嗎？』

『是一架飛機？你多半會諷刺一下我當年的夢想。』

『我才沒那麼差勁。』

服務生捧著一個生日蛋糕經過，是屬於另外一桌的，那裡坐著一對男女。

『有人跟你同一天生日呢！』

『她不停的看手錶呢。』邱清智說。

『我們的生日蛋糕來了。』范玫因說。

服務生把生日蛋糕放在桌子上。蛋糕上面，鋪了一層湛藍色的奶油，椰樹的倒影是用黑巧克力做的，那一輪銀月是白巧克力。

『那年的夢想？』邱清智說。

『你不是說想去斐濟的嗎？』

『謝謝你。』

『生日快樂。』燭影中，她俯身在邱清智的臉上深深吻了一下。她在他眸中看到那個年少的自己；有點醉，有點自憐。

『你知道我爲甚麼要學長笛嗎？』她問。然後，她說：『是爲了接近一個男人。』

『哪個男人這樣幸福？』

『你也認識的。』

『是邵重俠嗎？』

『你爲甚麼會想到是他？』她很詫異。

『上一次，你忽然提起他。』

『他家樓下有一家樂器行，我就在那裡學長笛，故意找機會接近他。』

『然後呢？』

『他並沒有愛上我。長笛的故事也完了。』她一邊吃蛋糕一邊說。

『無論你有多麼好，總會有人不愛你。』邱清智無奈地說；是安慰自己，也是安慰她。

『我也不知道爲甚麼會喜歡他，就像突然著了魔似的，沒法清醒過來。愛情，有時候是一種迷信。』

『我們都是讀洋書的人呀！爲甚麼會迷信呢？』

『迷信和學識一點也沒關係。在你之後，我有一個男朋友。一天，我看見他買了一條燒肉，我以爲是給我吃的，原來他準備去拜神。他是念生物化學的呢！』她說著說著大笑起來，『我是因爲那條燒肉而跟他分手的。我不能忍受我愛的男人是個會去拜神的男人！可是，現在我倒覺得沒有甚麼大不了。我何嘗不迷信？我甚至甘願化成一條燒肉供奉我愛的那個人！只要他喜歡！』

『愛情並不迷信，而是我們迷信愛情。』邱清智說。

『破除迷信的過程，是漫長而痛苦的。』

『所以，最好不要再迷信。』

『知道了。』她用力地點頭，說：『去喝咖啡好嗎？去上次那一家Starbucks，我要喝野莓味的Frappuccino。』

『又是野莓味？』

『是的，是wild berry，我迷戀所有wild的東西。因爲現實中的自己並不wild，我曾經以爲自己很wild的。』

『成長，便是接受一個不完美的自己和一個不理想的自己。』邱清智說。

『也接受這個世界的不完美和不理想。』她說。

范玫因和邱清智肩並肩向前走，多少青澀的歲月倒退回來，她覺得自己改變了許多，邱清智卻沒有改變。她不知道這是否一廂情願的想法。跟故友重逢，人總是認爲自己改變良多，不再是從前的自己。有一點改變，也是成就。

『你喜歡自己的工作嗎？』范玫因問。

『不會最喜歡，也不是不喜歡。有多少人會十分喜歡自己的工作呢？』

『我一定要做自己喜歡的工作的。』

『女人比較幸福。因爲男人做了自己不太喜歡的工作，所以，他們的女人才可以做自己最喜歡的工作。』

她搖搖頭，說：『性別歧視！』

Starbucks 裡擠滿了人，他們買了兩杯野莓味的 Frappuccino 站著喝。從這裡望出去，那個斐濟群島的廣告招牌，依舊耀眼地懸掛在半空，點綴著這個沒有夢想的都市。

『你還沒有告訴我你的故事。』范玫因說。

『在你之後，我談過兩次戀愛。』

『這麼少？』

邱清智點了點頭。

『到目前爲止，哪一段最刻骨銘心？』她問。

『是否包括跟你的那一段？』

『當然不算在內！我認爲我對你來說是刻骨銘心的，讓我這樣相信好了。』她笑著說。

『那麼，除你之外，是上一個。』

『她是一個怎樣的女人？』

『她的聲音很動聽。』

『有沒有夏心桔那麼動聽？我每天晚上都聽她的節目。』

『差不多吧。』邱清智說。

『你和她爲甚麼會分手？』

『不記得了。』

『是你不想說吧？』

『不，眞的是不太記得原因了。有些記憶是用來遺忘的。』

『我們通常是遺忘最痛苦的部分。那就是說，她令你很痛苦？』

邱清智沒有說話。

她也不知道說些甚麼好，就說：

『我們有沒有可能去遊當年剩下的那半個歐洲？或者是斐濟也好。』

『說不定啊！』

『眞希望明天便可以啓程。』

十一點十五分，店裡的服務生很有默契地站成一排，一起喊：『Last Order！』

『是這家店的作風，差不多關門了。』邱清智說。

『是嗎？嚇了我一跳。』

『還要再喝一杯嗎？』

『不用了。』范玫因放下手上的杯子。

在車廂裡，她擰開了收音機，電台正播放著夏心桔的節目，一個女人在電話那一頭，淒楚的問：

『你覺得思念是甜還是苦的？』

『應該是甜的吧？因爲有一個人可以讓你思念。』夏心桔說。

『我認爲是苦的。』女人說。

車上的兩個人，忽爾沉默了。重逢的那一刻，愉快的感覺洗去了別後的蒼涼。然而，當一旦有人提起了思念這兩個字。多少的歡愉也掩飾不了失落。畢竟，有好幾年的日子，他們並不理解對方過的是甚麼樣的人生。這刻的沉默，說出了距離。那是他們無法彌補，也無意去彌補的距離。

車子停了下來，范玫因說：

『能夠再見到你眞好。』

『謝謝你的蛋糕。』邱清智說。

『有一個問題想問你。』

『甚麼問題？』

『你要坦白的！』

『我從來就不會說謊。』

『今天晚上，你有沒有一刻想過和我上床？』

『有的。』

『現在是不是已經改變主意了？』

『嗯。』

『爲甚麼？』

『你就像我的親人，跟你搞好像有點那個。』

『對了！我也有這種感覺！』范玫因笑了起來，說：『我寧願你是我的親人，親人比較可以長存。』

『太好了！』邱清智鬆了一口氣，雙手放在頭後面，說：『我們都想過搞而決定不搞……』

『嗯，這個決定不簡單。』她接著說。

『難得的是，我們都認爲不搞更好。』

『是的。』她微笑著說。

『十年後，如果我們再一次重逢，你猜會是甚麼光景？』她問。

『十年後，我們都快四十歲了。』

『你會變成怎樣呢？而我又會變成怎樣呢？』

『我們還會搞嗎？』

『四十歲，是 last order 了。如果我還沒有找到好男人，你要照顧我。』

『謝謝你把 last order 留給我。』邱清智說。

陽光普照的一天，范玫因站在人行道上，仰頭望著那個巨型的斐濟群島廣告。那年的夢想，到底是遙遠的。她在舊相簿裡，看到了一幀她和邱清智一起時拍的照片，那天是他的生日，日期是十月十九日。啊，原來她記錯了他的生日，她還以爲自己是不會忘記的。

邱清智爲甚麼不去更正呢？是不想她尷尬，還是認爲已經無所謂了？我們曾經那樣愛著一個人，後來竟然忘記了他的生日。愛是長存的嗎？她轉過頭去，發現她旁邊也站著一個男人，出神地看著那個廣告招牌，是她不認識的。

no.11

徐啓津從外面回來。他脫掉外衣，鑽到床上，把臉深深的埋在李思洛的頭髮裡。

『回來啦？』李思洛迷迷糊糊的轉過身來摟著他。

徐啓津的臉愈埋愈深，彷彿要鑽到她的頭髮底下。

『怎麼啦？』她睜開惺忪的睡眼問他。

『思洛，我們結婚吧。』

『嗯。』她輕輕的應了一聲。

第二天醒來，她記不起昨夜聽到的是自己的夢囈還是徐啓津眞的向她求婚。無數次，當她和他的身體糾纏在一起的時候，他總會激動地問她：

『你會不會嫁給我？』

男人對女人的身體有著激情的依戀時，總會許下很多承諾。她從來都沒當是眞的。可這一次，他是認眞的。

房子是徐啓津去年買的，她每個星期總有幾天在這裡過夜。要結婚的話，她只要明天回家把行李搬過來就行了。

這天，她和徐啓津去百貨公司購買一些新婚用品。他看他的東西，她也看她的。當兩個人在文具部相遇的時候，李思洛發覺徐啓津買了以下這些東西：

兩個枕頭套、兩條床單、一部新款的萬能攪拌機和一部蛋奶餅烘爐。他近來愛上在早餐時吃蛋奶餅。另外，還有一套音響，是放在書房的。他手上還拿著一雙新的拖鞋和一些男裝內衣褲。

她自己買的，是一台天文望遠鏡和一袋牛角麵包。

『你買望遠鏡幹甚麼？』徐啓津問她。

『用來看天空。』她答得很理所當然。

剛才看到這台望遠鏡的時候，她就這麼想。

『你會看天文嗎？』他問。

『還不會。』她微笑著說。

『這個呢？』他指著她抱在懷裡的牛角麵包。

『因爲我想吃。』

他看著她，有些奇怪。她看看自己，也覺得有些奇怪。

她買的兩樣東西，跟結婚一點關係也沒有。沒有了天文望遠鏡和牛角麵包，她的新生活還是要開始的。

徐啓津送她回家的時候，她問他：

『你爲甚麼要結婚？』

『我想要一個老婆。』徐啓津拿著那袋內衣褲說。

那一刻，她滿懷失落。她想聽到的是：

『思洛，我想與你共度餘生。』

夜裡，她在自己的房間收拾要搬過去新居的東西。因爲常常在徐啓津家裡過夜，她早已經把大部分東西放在他家裡。只有一個小小的鐵罐子，她一直沒有帶過去。

她小心翼翼的打開這個本來用來放巧克力的小小的圓罐子，把潛水錶拿出來。潛水錶老早已經壞了，時間停留在十一點三十七分。這個白色塑膠潛水錶，在水底會發光。手錶是她十五歲那一年，姜言中送給她的。他把一個月的零用錢省下來，送她這個潛水錶，鼓勵她學游泳。那年暑假，姜言中差不多天天帶她去海灘。

這麼多年了，她還是常常想起他。

天亮了，她仍然在收拾。不知道是收拾東西，還是在收拾一些回憶。

這天晚上，她約了羅曼麗在酒吧見面。

『能夠在三十歲之前出嫁，太令人羨慕了。』羅曼麗取笑她。

『你有沒有姜言中的消息？』

『都快要結婚了，爲甚麼還想起初戀情人來？』

『只是想知道他現在變成怎樣？』

『你都不知道他在哪裡，我又怎會知道？』

『你不是有一個舊同事跟他哥哥是好朋友的嗎？』

『那個舊同事幾年前已經移民了，我們早就沒聯絡。你不是有姜言中以前的地址和電話的嗎？』

『很久以前打過電話去，說是沒有這個人。也許他已經搬了，電話號碼也改了。』

『你爲甚麼要找他？』

李思洛托著頭，微笑著問：

『如果我們還在一起，你猜我的故事會不會不同？』

『這是永遠不會有答案的。你不愛徐啓津嗎？』

『我愛他，他對我很好。但是，思念，有時候是另一回事，我很想再見姜言中一次。』

『你到底是懷念初戀還是懷念初戀情人？』

『也許兩樣都懷念吧，都十五年了，無論現在生活得多麼快樂，總是放不下他。』

『都分開這麼久了。萬一給你找到他，他卻已經忘記了你，你怎麼辦？』

『他忘了我也好，那麼，我也可以忘記他。』

徐啓津到加拿大溫哥華開會。他要在那邊逗留五天。他回來的第二天，就是他們註冊結婚的日子，那天是周末。

李思洛送走了徐啓津，一個人來到姜言中以前住的房子。她想，也許只是電話號碼改了，他還住在這裡。她戰戰兢兢的按下四樓座的門鈴。不知道他現在變成怎樣？

屋裡沒有人。她站在門外，捨不得走。

她怕走了之後，沒有勇氣再來。她就這樣從早上等到黃昏。這個時候，一個女人回來了。

『你要找誰？』女人一邊掏出鑰匙開門一邊問她。

『請問這裡是不是姓姜的？』

『這裡沒有姓姜的。』女人把腳上的鞋子脫下來，放在門外。

『你知不知道他們搬到哪裡去了？』

『沒聽過這裡有姓姜的住客。』女人搔搔頭，好奇地問：『你要找的是甚麼人？』

『一個舊朋友。』

『嗯，我能理解。我也有找一個很舊的朋友的經驗。』女人一隻手撐著門說。

『是嗎？』李思洛在門外站了一整天，雙腿也麻了，用一隻手撐著牆。

『我比你幸運。我終於找到他。』

『眞的？』

『可是他不記得我是誰。』女人把手上的皮包拋到屋裡去。

『哦。』李思洛忽然覺得很沮喪。雖然這不是她的故事，但她害怕自己的故事也是這樣結局。

『謝謝你。』李思洛轉身離開。

『等一下——』

李思洛回頭，女人問她：

『你有沒有電話號碼可以留下？我替你向業主打聽一下，這裡有些老街坊，也許可以向他們打聽。你朋友叫甚麼名字？』

『姜言中。』李思洛把電話號碼寫在一張白紙上交給女人。

『小姐，你貴姓？』李思洛問。

『我姓夏。』女人說。

已經第三天了，一點消息也沒有。她想，她的故事也許就要這樣結局。見不到也是好的。見不到，她永遠不會知道姜言中有沒有忘記她。見不到的話，姜言中在她的回憶裡，依然是美好的。都十五年了，也許，有一天，當她在路上跟他擦肩而過，她也認不出他來。

她和姜言中一起的日子還不到一年。那時候，他們幾乎每次見面都吵架。明明是很愛對方，卻總是互不相讓。分手的時候，她躲起來哭了很多天，她以爲自己會把眼睛哭盲呢。她知道他也在哭。後來長大了，她終於

明白，她和姜言中都是很貪婪的人，都想佔有對方，卻又不能忍受被對方佔有，這兩個人，是不可能幸福地生活在一起的。

分開之後，她常常想，假如她和姜言中上過床，故事會不會不一樣？他們會不會留戀對方多一點？

第四天的早上，她接到徐啟津從溫哥華打來的電話。

『我明天就回來。』徐啟津在電話那一頭說。

『明天見。』她說。

明天到了，她不會再去尋找她的舊夢。

電話鈴聲響起，是一個年輕女人的、動聽的聲音。

『是李小姐嗎？我姓夏的，住在你舊朋友的房子裡——』

『我記得。』

『你朋友是不是跟爸爸媽媽和哥哥一起住的？』

『對。』

『有一位老街坊最近碰到他媽媽，所以有他的消息。』

『眞的？』

『我把地址讀給你聽——』

『你會去找他嗎？』姓夏的女人在電話那一頭問。

『我會的。』

『那麼，祝你幸運。』

她以為要絕望了，他卻忽然出現。她很想立刻就去見他，卻又怕見到他。姜言中現在變成甚麼樣子了？她在他心中又變成甚麼樣子了？

假如有一個帶著回憶的女人跑去見他，姜言中會吃驚嗎？他會不會已經有心愛的人了？也許，十五年前的佔有和貪婪，他已經不太記得了。

如果還有很多個明天，她會再考慮一下好不好去重尋舊夢。因爲只有一個明天，她鼓起勇氣去看一看十五年來在她記憶裡徘徊不去的男人。

她拿著地址來到銅鑼灣加路連山道。她走上十三樓，鼓起勇氣扳下門鈴。

來開門的是姜言中，他見了她，微微的怔住。

『思洛。』是他首先叫她的。

她全身綳緊的神經在一剎那放鬆了。她的故事要比那個跟她萍水相逢的夏小姐美麗一些。她的初戀情人沒有忘記她。

姜言中長高了，由一個活潑的少年變成一個穩重的男人。

『你好嗎？』她問他。

十五年了，竟然就像昨天。

『你就住在這裡嗎？』她問。

『是的，請進來。』

房子看來是他一個人住的，總共有兩個房間，其中一個，堆滿了書。姜言中一向愛看書。他們一起的時候，他常常給她講書上的故事。

『地方很亂。』他尷尬地說。

『也不是，只是書比較多。我有沒有打擾你？』

『當然沒有。』

『我到過你以前住的地方，聽說你搬來這裡了。我想來看看你變成甚麼樣子?你沒有怎麼改變。』

『你也是。思洛，你要喝點甚麼嗎?』

『一定有咖啡吧?你最愛喝咖啡的。』然後，她從皮包裡拿出一袋東西，說:『在Starbucks買的咖啡豆。』

『我們就喝這個吧。』

姜言中弄了兩杯咖啡出來。

『你現在做甚麼工作?』

『在出版社。』

『你們出些甚麼書?』

『種類很多。你有看韓純憶的書嗎?』

『有啊!我喜歡看愛情小說。』

『你呢?你在哪裡工作?』

『剛剛把工作辭了，近來有些事情要忙。』

『忙些甚麼?』

『我要結婚了。』

『喔，恭喜你。』

『你呢？你還是一個人嗎？』

『是的，看來我還是比較適合一個人生活。』

『只是你還沒找到一個你願意和她一起生活的人罷了。』

『也許是吧。』

她呷了一口咖啡，說：『十五年過得眞快，好像是昨天的事。我還擔心你認不出我來呢！』

『怎麼會不認得呢？』

『我到你以前住的地方去過，新的房客是一位姓夏的小姐。她告訴我，她也去找過一位很舊的朋友，但是，對方認不出她來了。』

『那個人也許是舊朋友，而不是舊情人吧。如果曾經一起，是不會忘記的。』

『如果我不是來這裡找你，而是在街上碰到你，你也同樣會認得我

嗎？』

姜言中望了望她，說：『我沒想過會不認得。』

她笑了：『我們竟然一直沒有再相遇。』

『你還戴著這個潛水錶嗎？』姜言中看到她手腕上的潛水錶。

『嗯。』

『十一點三十七分？現在已經這麼晚了？』他怔了一下。

『不。是手錶壞了。』

『壞了的手錶，爲甚麼還要戴著？』

『怕你認不出我來。』

『假如認不出你，也不會記得這個手錶。』

『韓純憶長得甚麼樣子？』

『哈哈，兇巴巴的。』

『她寫過一個重逢的故事。』

『我知道你說的是哪一個。』

『一雙闊別多年的舊情人偶然相遇，大家也想過上床，最後卻打消了念頭，因爲，對方已經變得像親人那樣了。』

『那是她兩年前寫的故事。』

『重逢的故事，放在任何一個年代，都是感人的。』

『因爲我們都渴望跟故人重逢。』

『我們也會變成親人一樣嗎？』

姜言中望著她，沒法回答。

『我們是沒法成爲親人的。』她說。

『是的，我們不會。』他說。

她望著他眼睛的深處。她來這裡，絕不是要找一個親人。她要找的，是她十五年縈繞心頭的男人。她要尋覓的，不是親人的感覺，而是愛的回憶。她想相信，愛是永遠不會消逝的。

當他認出她腕上的手錶，她的身體已經迎向了他，迎向那十五年悠長的回憶。

她是個明天就要結婚的女人，這一刻的她，卻躺在舊情人的身體下面，承接著他每一次的搖盪。愛欲從未消逝，他們是成不了親人的。

晚上十點半鐘了，她坐在床邊穿上鞋子，說：『我要走了。』

『我送你回去。』姜言中說。

經過他的書房時，她看到一本書，是米謝·勒繆的《星星還沒出來的夜晚》。

『這本書，可以借給我看嗎？我的那一本丟了。』

『你拿去吧。』

『我看完了還給你。』

姜言中用計程車送她回去。天上有一輪明月，一直跟在他們的車子後面。

『你喜歡這本書嗎？』姜言中問。

『嗯。說是寫給小孩子看的，卻更適合成年人。書裡有一頁，說：

「如果我們可以任意更換這副皮囊，是否有人會看中我這一副呢？」我眞

的想過這個問題。』

『你的那一副皮囊，怎會沒人要呢？我的這一副，就比較堪虞。』

那一輪滿月已經隔了一重山，車子停了下來，姜言中問她：『是這裡嗎？』

『是的。我就住在這裡。』

『再見。』她說。

『再見。』他微笑著說。

她從車上走下來。

『思洛——』他忽然叫住她。

她立刻回過頭來，問他：『甚麼事？』

他望著她。

十五年太短，而這一刻太長。

終於，他開口說：

『祝你幸福。』

『謝謝你。』她點了一下頭，微笑著。

他走了。曾經有那麼一刻，她以爲他還愛著她。

他記得她腕上的手錶，這不是愛又是甚麼？她故意戴著手錶去找他。假如他忘記了這個手錶，她也會把他忘記。可是，他沒有忘記。她以爲十五年的思念不是孤單的。

假如姜言中問她：『你可不可以不去結婚？』也許，她還是會去結婚的，但她會一輩子記著這一晚。她和他，是沒有明天的。即使如此，她仍然渴望他會說：『不要去結婚。』她是懷著這樣的希望去見他的。

她忽然明白了，這個想法是多麼的可笑？姜言中和她上床，是要完成十五年前沒有完成的事。他想進去她的身體，去那個他沒去過的地方，塡補從前的遺憾，好像這樣才夠完美，才可以畫上一個句號。

她卻以爲，他十五年來也愛著她。在肉體交纏的一刻，他們兩個人心裡想的東西，是有點不一樣的。

今天晚上，他不再有遺憾。她也不再有了。她知道她的思念或許是孤

單的。所有重逢的故事，也都是各有懷抱的。

她打了一通電話給姓夏的女人，告訴她：

『我找到我要找的人了。』

『他認得你嗎？』

『他認得我。』

『那你眞是太幸運了。』

『是的。謝謝你。夏小姐，我覺得你的聲音很熟悉。』

『是嗎？』她在電話那一頭笑了笑。

床頭的時鐘指著十一點鐘，快要到明天了。她覺得，還是昨天比較好。昨天的夢，比較悠長。

她擰開了收音機，聽到一把熟悉的聲音說：

『如果有一個機會讓你回到過去，你會回到哪一年？』

這不就是姓夏的女人的聲音嗎？